成り行きで婚約を申し込んだ弱気貧乏令嬢ですが、
何故か次期公爵様に溺愛されて囚われています
2
Kotoko
Writer 琴子
Ami Sasahara
ILL. 笹原亜美
TOブックス

Character
人物紹介
成り行きで婚約を申し込んだ弱気貧乏令嬢ですが、
何故か次期公爵様に溺愛されて囚われています
アーサー・グリンデルバルド
眉目秀麗な公爵家の長男。10年もの間アリスに想いを寄せていたある日、偶然が重なり彼女と婚約することに。
アリス至上主義で、彼女に対し重すぎる愛情を抱えている。
アリス・コールマン
貧乏伯爵家の令嬢。長年グレイに虐げられる日々を送っていたが、アーサーに婚約を申し込んだことで一変。
過去に彼を救っていたことで、思いがけず溺愛されるようになる。

グレイ・ゴールディング

侯爵家の次男でアリスの幼馴染み。長年アリスに辛く当たっていたが、実は彼女に片想いしていた。

彼女の変化をきっかけに、平民として生きていく決意をする。

ヴィンス・ホールデン

アリスが留学するティナヴィア王国の公爵家三男。ウェルベザ王国に来訪の際、アリスと出会う。

稀に見る美貌の持ち主だが、かなり横柄な態度を取っていた。

クロエ・スペンサー

アーサーの従姉妹の美少女。幼い頃からアーサーを慕っており、突然彼の婚約者という立場になったアリスを許せず、とある事件を起こした。

Contents

イラスト：笹原亜美／デザイン：今村奈緒美

A bearish poor daughter who applied for engagement to the next Duke as it happens, but for some reason she is loved and captivated by him.

ティナヴィア王国へ

婚約者であるアーサー様と共に学園を卒業し、半月ほどが経った。

わたしは今、隣国であるティナヴィア王国に向かう馬車に揺られている。アーサー様、そして第四王子であるディラン殿下も一緒だ。

公爵家の跡取りとして短期留学するアーサー様に、一緒に隣国へと行かないかと誘っていただいたわたしは、お父様のご友人の家に滞在し、アカデミーに通うことになっている。

既に自国を出発してから一週間が経っており、連日朝から夕方まで移動を続けているものの、揺れも少なく柔らかい椅子のお蔭で、あまり辛くはない。

「アリス、大丈夫？　酔ったりはしていない？」

「はい。平気です」

元々わたしは、あの道端で壊れたオンボロ馬車に毎日乗っていたのだ。それに比べれば、たとえ乗車時間は長くとも王家の家紋が入った最高級の馬車は、気を抜けば眠ってしまいそうなくらい快適だった。

……当初は、ディラン殿下とは別々に移動する予定だったけれど、どうしてもわたし達と一緒に行きたいという殿下たっての希望により、三人で同じ馬車に揺られている。初めは緊張していたわたしも、常に気遣ってくれるアーサー様や気さくで明るい殿下のお蔭で、楽しく過ごせていた。

ティナヴィア王国に着くまで、あと三日程。どんどんと変わっていく窓の外の景色に、胸が弾む。

「窓の外を見ては、宝石のように瞳を輝かせているアリス嬢は本当に可愛らしいね」

「すみません、はしゃいでしまって……」

「いや、これからも変わらないでくれ。アーサーの為にも」

その言葉の意味はわからなかったけれど、わたしは「はい」と返事をすると、再び視線を窓の外に戻したのだった。

◇◇◇

それから三日後。わたしはティナヴィア王国の王城内の一室で、アーサー様と共にソファに腰掛けていた。

一時間程前に無事に到着し、その後すぐにアーサー様と殿下と共に国王陛下に謁見したけれど、わたしは二人の後にたった一言挨拶をするだけで、ひどく緊張してしまった。

今日は王城で一泊し、明日ロナルド様のお屋敷に移動する予定だ。先程メイドが淹れてくれた、この国の特産品だというお茶はとても美味しくて、その温かさに緊張が解けていくのを感じた。

「この後は、明日の朝まで部屋でゆっくり休んでいて。夕食も部屋まで持ってくるよう頼んであるから」

「お気遣いありがとうございます。アーサー様はこの後どうされるんですか？」

「俺と殿下は、晩餐会に出席する予定だよ。元々殿下だけの予定だったのに、俺も一緒にと言われてしまってね」

アーサー様は眉尻を下げ、困ったような表情を浮かべている。

二人だって長旅で疲れているだろうに、わたしだけ一人ゆっくりするだなんて、ひどく申し訳ない気持ちになった。かと言って、わたしが今すべき事やできる事など何もないのだけれど。

「……これから、忙しくなりそうだ」

ただでさえ勉学で忙しい予定だというのに、陛下からは殿下と共にティナヴィア王国の社交界にも顔を出してほしいと言われたらしく、アーサー様は珍しく深い溜息をついていた。

「どんなに忙しくても、必ずアリスとの時間は作るから」

「嬉しいですが、無理はなさらないで下さいね」

「そうしなければ、俺がもたないんだ」

アーサー様はそう言ってわたしの髪を掬い上げると、軽く口付けた。その甘すぎる声や上目遣いに、心臓が跳ねる。

「ア、アーサー様と行きたい場所も、考えておきますね」

「ありがとう。お蔭で頑張れそうだよ」

事前に調べてみたところ、ティナヴィア王国は大きな市場やスイレンが咲き誇る湖などが有名らしく、一度行ってみたいと思っていた。アーサー様と二人でそんな場所を巡れたら、どんなに素敵だろうか。

つい浮かれてしまうのと同時に、この貴重な機会を無駄にしないよう勉学にもしっかり励もうと、わたしは気を引き締めたのだった。

◇◇◇

翌日わたしは一人馬車に揺られ、お父様の友人であるロナルド様のお屋敷に向かっていた。

アーサー様も一緒に行き挨拶をしたいと言ってくださったけれど、既に予定が詰まっているらしく、それは叶わなかった。そんな気持ちだけでも、とても嬉しい。

「ようこそ、アリスちゃん」

「お久しぶりです、ロナルド様」

この国の伯爵家であるロバーツ家の敷地はかなり広く、屋敷も大きく使用人の数も多いようだった。お父様からもロバーツ家はかなり裕福だと聞いていたけれど、想像以上で驚いてしまう。

広く豪華な広間へと通されると、淡いピンクのドレスを着た同い年くらいの女性がソファに腰掛けていて。わたしを見るなり彼女はすぐに立ち上がり、花のような笑顔を浮かべた。

「初めまして、アリス様。エマ・ロバーツと申します。ようこそいらっしゃいました」

わたしもまた挨拶と自己紹介をし、笑顔を返す。とても愛らしい彼女とは、仲良くなれそうな気がした。

「エマ、アリスちゃんを部屋に案内してあげなさい。茶の用意もさせるから、そのまま二人で話すといい」

「はい、わかりました。アリス様、どうぞこちらに」

そうしてエマ様に案内された部屋はかなり広く、可愛らしいものだった。テーブルセットに向かい合って座ると、すぐにメイドがお茶とお菓子を用意してくれた。

「あの、アリス様。本当に我が家に滞在してくださるのですか？　私や父に、気を遣ってくださっているのでは……」

「そんなことはありません。むしろこちらで過ごさせていただけること、とても嬉しく思っています」

「それなら、よかったです」

ふわりと嬉しそうに微笑むエマ様は、本当に可愛らしくて。そんな彼女がこの国の社交界で浮いてしまっているなんて、信じられない。それと同時に、とても辛い思いをしているであろうことを思うと、ずきりと胸が痛んだ。

「実は先日、ロナルド様からエマ様はこの作家のシリーズが好きだと伺ったので、持ってきたんです。わたしも昔から大好きで」

「わあ、ありがとうございます……！　この本、ずっと読みたかったんです。けれどなかなか見つからなくて……よく手に入りましたね」

「ふふ、婚約者の方に頂いたんです」

絶版になり、なかなか手に入れられないことで有名なこの本は、グリンデルバルド公爵家に滞在した際に、アーサー様に頂いたものだった。わたしがこの本を欲しがっていたことを、何故彼が知っていたのか、未だに不思議で仕方ない。以前訊ねてみたものの、教えてくれなかったのだ。エマ様もとても喜んでくれていて、嬉しくなる。

それからは、本の話から始まり趣味や家族のこと、そしてこの国のことなど、沢山の話をした。彼女とはとても気が合い、あっという間に時間は過ぎていく。

「アリス様とこうしてお話が出来て、本当に嬉しいです」

「こちらこそ。エマ様のおかげで、ティナヴィア王国での生活がより楽しみになりました」

これから数ヶ月間、この国で過ごす日々は素敵なものになるだろう。それは確信にも似た予感だった、けれど。

「アリス様は、本当に素敵な方ですね」

「そんな、ありがとうございます」

「……だからこそ、お願いがあります」

そう言って縋るような瞳でわたしを見つめた彼女は、今にも泣き出しそうな顔をしていた。

「どうかアカデミーでは私と、他人の振りをしてください」

差し伸べた手と、差し伸べられた手

「……何故、でしょうか」

思い当たる理由はあるけれど、他人の振りまでする必要があるとはとても思えない。わたしのそんな質問に対し、エマ様は少しだけ躊躇う様子を見せた後、口を開いた。

「数ヶ月前にアカデミーのサロンで、公爵家の方の足元にお茶をかけてしまったんです。出来る限り謝ったのですが、酷く怒鳴られてしまって……。それからは、その方に思いを寄せている侯爵家のご令嬢を中心に、嫌がらせをされるようになりました」

そう言って、エマ様は目を伏せる。

「悪口を言われたり、物を隠されたり。言いがかりをつけられて、頬を叩かれたこともあります」

……ロナルド様の話を聞いた限りでは、周りから避けられ、孤立してしまっているだけだと思っていた。そんな直接的ないじめをされているなんて、とわたしは言葉を失ってしまう。

「上位貴族であるお二方を敵に回すのを恐れて、友人もクラスメートも皆、私とは関わらなくなりました。一度だけ仲の良かった友人が声をかけてくれたのですが、彼女も目をつけられてしまったようで……それからはずっと、一人で過ごしています」

たった一度、足元にお茶をかけてしまっただけ。それだけのことで、そんな目に遭うなんて信じられなかった。

目の前で今にも泣き出しそうな顔をしている彼女はずっと、一人で耐えてきたのだ。それを思うと、ひどく胸が締め付けられた。

「因はと言えば、私の不注意のせいなんです。だからこそ私と関われば、きっとアリス様も同じ目に遭ってしまいます。私のせいで、誰かが辛い思いをするのはもう嫌なんです」

「……エマ様」

「アリス様、どうか他人の振りをしてください。屋敷の中でこうしてお話していただけるだけで、嬉しいですから」

お願いしますと頭まで下げた彼女の為に、わたしは一体どうすべきなのだろうか。一晩中考えてみたけれど、答えは出なかった。

◇◇◇

翌朝、わたしとエマ様は朝から二人で庭を散歩したり、お茶をしたり。午後からは近くの街を案内してもらい楽しい時間を過ごした。彼女もとても楽しそうにしていて、嬉しくなる。

そしてティナヴィア王国に来てから、三日目の朝。わたしは早速アカデミーに向かう支度をしていた。制服などはなく、好きな服装で行けるというのはとても新鮮だった。

一緒に朝食をとっていたエマ様の表情は、昨日の朝とは比べ物にならない程に暗い。それでも両親に心配をかけまいと、彼女は今日もアカデミーへ向かうのだろう。

エマ様の強い要望により、登下校の馬車まで別々になってしまった。一緒に乗っていくと言ったものの、ロナルド様にも娘の言う通りにしてやってくれないかと頼まれてしまい、わたしは大人しく彼女とは別の馬車に乗り込んだ。

窓越しに景色を眺めながら馬車に揺られ、屋敷を出てから十五分程経った頃、アカデミーに到着した。予想を遥かに超える巨大な校舎には、沢山の人々が出入りしている。そうして校門を通り過ぎたところで、わたしは思わず足を止めた。

エマ様が、地面に倒れ込んでいたのだ。そのすぐ側では、豪華なドレスを身に纏った数人の令嬢が、彼女を見下ろしていて。

「相変わらず、鈍臭いこと」

クスクス、と不愉快な笑い声が響く。そんな様子から、転ばされたのかもしれないとすら思ってしまう。それでも周りにいる学生たちは皆、そ知らぬふりをして歩いていた。きっと此処では、こんな光景も珍しいことではないのだろう。

そんな中、不意にエマ様と目が合った。

けれど彼女はわたしに向かって、小さく首を振った。関わるな、と伝えようとしているのだろう。こんな状況でもわたしの心配をしてくれるような優しい彼女が、何故こんな目に遭わなければいけないのだろうか。

そしてその姿には、見覚えがあった。グレイ様の隣にいた頃の、わたしにひどく似ていて。

気が付けばわたしはエマ様の下へと駆け寄り、そっと自らの手を彼女に差し出していた。

「エマ様、大丈夫ですか？」

「……っどうして」

「わたし達、お友達でしょう」

そう言って笑顔を向けると、彼女の瞳に溜まっていた涙が、ぽろぽろと零れ落ちていく。

やがて立ち上がった彼女のスカートについた土埃を払っていると、背中越しに刺すような声が聞こえてきた。

「貴女、見ない顔ね」

「……本日よりこちらに通うことになりました、アリス・コールマンと申します」

「コールマン？　聞いた事もないけれど」

「はい。隣国から留学して参りましたので」

その言葉に、彼女は納得したように笑みを浮かべた。

「無知な貴女に教えてあげるわ。此処で平穏に過ごしたいのなら、その子とは関わらない事ね」

「それは、出来ません」

「……はあ？　貴女、何を」

予想とは違ったらしいわたしの反応に、彼女の綺麗に整えられた眉が吊り上がる。面倒なことになると分かっていても、エマ様と関わらないだなんて絶対に言いたくなかった。

わたしも叩かれてしまうのだろうかなんて思っていると、凛とした声がその場に響いた。

「一体、何の騒ぎだ？」

「ヴィンス様……！」

その瞬間、意地悪く歪んでいた彼女の顔が、あっという間に乙女のような表情へと変わる。

そんな彼女の視線を辿った先にいたのは、以前自国でリリーの髪飾りを拾った際に出くわした青年だった。ひどく冷たい瞳と、恐ろしい程に整った顔があまりにも印象的で、すぐに思い出せた。

『邪魔だ、どけ』

確かリリーはそう冷たく言い放った彼のことを、隣国の公爵家の三男だと言っていた。

わたしの隣に立つエマ様は、小さく震える声でこの方に粗相をしてしまったんです、と呟いた。

あの時の彼の横柄な態度を思い出し、彼女から聞いた話にも納得してしまう。

「どうやら、彼女が転んでしまったみたいで」

「……くだらない」

興味無さげにそう言うと、彼は視線をわたしに向けた。あの日と変わらない、冷えきった瞳をじっと見つめ返せば、やがて彼の方が先に視線を外した。

そうして歩き出したヴィンスと呼ばれた彼の後を、令嬢達は嬉しそうに追っていく。その様子にほっとため息を吐くと、わたしはエマ様の手をぎゅっと握りしめた。

「……すぐに助けられず、ごめんなさい」

「アリス様が謝ることなど、何もありません……！　そもそも、私が他人の振りをしていただきたいと頼んだのですから」

本当にありがとうございます、とエマ様はわたしの手を握り返してくれて。

アカデミーでも仲良くしてくださいね、と微笑むと、彼女は再び大粒の涙を流したのだった。

◇◇◇

それから五日後の夜。わたしはアーサー様と共に、王城近くのレストランで夕食をとっていた。

数日ぶりに会えた彼の顔には、既に疲労の色が浮かんでいて、心配になる。

……あれからアカデミーでは聞こえよがしに悪口を言われたり、変な噂を流されたりするくらいで大した被害はなかった。階段近くでぶつかられた時には、流石にひやりとしたけれど。グレイ様といた頃の辛さに比べれば、可愛いものだった。

どうやらエマ様よりもわたしへと嫌がらせの標的は移りつつあるようで、内心安堵していた。

「アカデミーはどう？」

「とても勉強になることばかりで、楽しいです」

アカデミーでの授業は自国のものとは違い、初めて知る知識や発見も多い。人間関係は憂鬱だけれど、それでも通えてよかったと思えるくらい、有意義な時間を過ごせていた。

そんな話をしながら、食後のお茶を頂いていた時だった。

「……ねえ、アリス」

名前を呼ばれ顔を上げると、やけに真剣な表情をしたアーサー様と視線が絡んだ。

「少しでも困ったことや辛いことがあれば、すぐに頼ってほしい。絶対に、俺が君を助けるから」

——正直、どきりとした。

アカデミーでのことを、彼にも相談しておくべきかとずっと悩んでいた。

けれどアーサー様はただでさえ忙しいのだ。これ以上、わたしまでも負担をかける訳にはいかない。心配してくださる気持ちはとても嬉しいけれど、今は何も言わずにいることにした。

「ありがとうございます。そう言っていただけて、とても心強いです。何かあればすぐに、頼らせていただきますね」

「…………」

「アーサー様？」

「……いや、何でもないよ。ありがとう」

ほんの、一瞬。ガラス玉のように透き通るその瞳に、暗い影が差したように見えた。

けれどいつの間にか、彼は普段と変わらない笑顔を浮かべていて。気のせいだろうと、わたしも笑顔を返したのだった。

些細な変化

相変わらず侯爵家の令嬢であるマルヴィナ様と、その取り巻きの令嬢達による嫌がらせは続いているけれど、わたしはあまり気に留めていなかった。それよりも、アカデミーでもエマ様の笑顔が見られるようになったことが、何よりも嬉しい。

アーサー様とは手紙のやり取りをしていて、来週にはまた夕食を一緒にとることになっている。美しい字で書かれた手紙を何度も読み返しては、会える日を心待ちにしていた。

「アリス様、なんだか嬉しそうですね」

「はい、もうすぐアーサー様にお会いできるんです」

「そうだったんですね！　グリンデルバルド様は本当にアリス様とお似合いで、素敵な方ですもの」

先日、レストランの帰りに送ってくださったアーサー様は、ロバーツ家の方々に挨拶をしたいと言ってくれて。「アリスをよろしくお願いします」と高価な手土産まで渡してくださっていた。

彼のそんな気遣いが嬉しくて、帰り際に何度もお礼を伝えれば「アリスの為なら何だってするよ」と、とびきりの笑顔で言われてしまい、改めてわたしは本当に幸せ者だと実感した。

「グリンデルバルド様のお話をしている時のアリス様は、本当に可愛らしいです」

「そ、そうでしょうか？」

「はい、それはもう。天使……いいえ、女神のようです」

「そんな、やめてください……！」

両手を彼女の両手でぎゅっと包まれ、そんなことを真剣に言われてしまい、恥ずかしくなる。

けれどエマ様がとても楽しそうにしているものだから、わたしもつられて笑顔になってしまうのだった。

◇◇◇

そっと人差し指で、鍵盤を一つ押してみる。すると本来の音よりも、少しずれた音が教室の中に響いた。他の音も確認したけれど、どうやらこの古いピアノはしばらく手入れどころか調律もされていないらしい。

「……折角の、良いピアノなのに」

そう呟くと、一人溜め息をついた。

……わたしは今、アカデミーの空き教室にある古いピアノの前に腰掛けている。

エマ様は今、わたしが選択していない授業を受けている最中で。一緒に登下校するようになった今、彼女の授業が終わるまでは一人で時間を潰そうと思っていたのだ。

空いている教室は自由に使っていいと聞き、わたしは迷わず人気のない一番奥にあるこの教室を選んだ。古いピアノが一台と、たくさんの荷物や本、ソファなどが積み重ねられたこの物置のような場所は、何故かとても落ち着く。

音のずれはあるものの、この国に来てからピアノに触れていなかったわたしは、そっと鍵盤に指を置いた。そして以前、アーサー様が好きだと言っていた曲を弾いてみる。彼のことを想いながら弾くと、不思議とまるで違う曲になるような気がするのだ。

気が付けば一時間近く弾き続けていて、時間を確認したわたしはそっとピアノの蓋を閉じた。そろそろエマ様との待ち合わせ場所へと向かわなければ。

改めてピアノが大好きだと実感し、今後彼女を待つ間はここで過ごそうと決めた。

◇◇◇

「アリス様、いつもお待たせしてすみません。馬車を別に呼んで、お先に帰っていただいても……」

「お気になさらないでください。いつも空き教室でピアノを弾いていて、とても良い気分転換になっていますから」

申し訳なさそうな表情を浮かべるエマ様にそう告げて、わたしは今日も空き教室へと向かう。あの場所に行くのは四度目だ。

いつも通りピアノの蓋を開け、予め弾こうと思っていた曲を演奏し始めたけれど、わたしはすぐにその指を止めた。

「音が、戻ってる……？」

いつの間にか調律され、あるべき音に戻っていたのだ。鍵盤を押した時の感触も、先日とは全く違う。

……こうして、定期的に調律されるものだったのだろうか。それにしては、前回とだいぶ時間が空いていたように思う。とにかく、本来の美しい音色を奏でるようになったピアノを弾けることはとても嬉しい。

それからは時間いっぱい、大好きな曲を弾き続けた。ロバーツ家にピアノはなく、ここでの時間はわたしにとって大切な時間になりつつあった。

時計へと視線を向ければ、あと一曲弾く時間がありそうで。お母様がいつも弾いてくれていた曲を弾き始める。わたしが一番好きな、やさしい曲だった。

そうして最後の一音まで大切に奏でると、わたしは上機嫌で教室を後にしたのだった。

◇◇◇

「いた、っ」

それから数日後。正面から思い切りぶつかられた拍子に左手が壁に当たってしまい、わたしは痛みに思わず声を上げた。左手を押さえながら顔を上げれば、先日階段近くでぶつかってきたあの令嬢が、嫌な笑みを浮かべてこちらを見ていた。

悪口を言われたりする位ならまだいいけれど、怪我をするような行為は流石に困る。もしも大きな怪我をしてしまえば、エマ様やアーサー様にも心配をかけてしまう。それだけは絶対に避けたかった。

止めてほしいと伝えたところで、わざとではないと言われて終わりだろう。どうにかしなければと思いつつ、手当てをしてもらおうとわたしは救護室へと向かった。

……今日もエマ様を待ちながら、ピアノを弾こうと思っていたのに。突き指のようなこの状態ではとても無理そうで、今日は図書室で本を読んで過ごすことにした。

ティナヴィア王国についての本を読んでいるうちに、あっという間に彼女の授業が終わる頃になっていて、待ち合わせ場所である校門へと慌てて向かう。

こうして図書室で過ごすのも悪くないなと思いながら歩いていると、あのヴィンス・ホールデン様がこちらへ歩いて来るのが見えた。

目が合ったあと、彼は少しだけその金色の瞳を見開いて。すれ違う直前、何故か足を止めた。

「……怪我、したのか」

「は、はい」

その視線は、手当てされた左手へと向けられている。

そして「そうか」とだけ言うと、再び彼は歩き出した。そんなホールデン様の背中を呆然と見つめながら、わたしはその場に立ち尽くしてしまっていた。まさか彼の方から話しかけてくるなんて、夢にも思わなかったのだ。

……そもそも、まともに会話をしたことのない彼が何故、わたしのこんな小さな怪我を気にかけたのだろうか。

彼も人間なのだ、気まぐれを起こすこともあるだろう。そう思いながら、わたしは再び校門へと歩を進めたのだった。

真っ赤な林檎と気まぐれと

「お会いできて、とても嬉しいです」

「本当に？　俺もアリスに会えるのを、何よりも楽しみにしていたよ」

待ちに待った今日、一週間ぶりにアーサー様に会えたわたしは幸せな気分に包まれていた。けれど相変わらず、彼は疲れているように見える。多忙な中、こうしてわたしとの時間を作ってくれることは嬉しいけれど、しっかり休めているのか心配でもあった。

「ディラン殿下も、お変わりありませんか？」

「ああ、元気すぎるくらいだ。殿下に無理矢理色々な集まりに連れて行かれるお蔭で、睡眠時間が大分削られているよ」

「本当に、大変そうですね……」

　他国の社交の場など、自国以上に気を遣うに違いない。殿下も一緒なら尚更だ。それでも彼は、全てそつが無くこなしてしまうのだろう。だからこそ、ほんの少しの不安が過ぎる。

「やっぱり、沢山の女性に声をかけられますよね……？」

　わたしがそう訊ねると、アーサー様は一瞬きょとんとした表情を浮かべたけれど、やがて柔らかく微笑んだ。

「否定はしないけど、婚約者がいると言って全て躱しているから。安心して」

「そ、そうでしたか……」

「もしかして妬いてくれたの？　可愛いね」

　アーサー様が蕩けそうな程に甘い笑顔を浮かべるものだから、思わず顔が熱くなってしまう。

「アカデミーはどう？　変わりはない？」

「はい、最近は空き時間にピアノを弾いているんです。とても良い気分転換になっています」

「それは良かった。俺にも今度、聞かせてほしいな」

「もちろんです。いつもアーサー様のことを想いながら、弾いていますから」

「……本当に、可愛すぎて困るな」

　アーサー様は手に持っていたカップをそっとテーブルに置くと、じっとわたしを見つめた。

「ねえ、本当に困ったことや辛いことはない？」

「えっ？」

不意に投げかけられたその問いと真剣なまなざしに、つい動揺してしまう。

前回お会いした際にも、同じことを訊ねられた記憶がある。わたしの慣れない他国での学生生活を、彼はかなり心配してくれているようだった。

再び、嫌がらせについて彼に相談していいものか悩んだ。けれど相変わらず忙しそうなアーサー様に頼るのは、やはり気が引けてしまう。まだ、大丈夫。わたしは自分にそう言い聞かせた。

「大丈夫です。心配してくださり、ありがとうございます」

「……アリスは、意外と強情だね」

アーサー様が何か呟いたような気がしたけれど、聞き取れなくて。訊ねてみたものの「何でもないよ」と彼はいつもの笑顔を浮かべた。

「今週末、予定のキャンセルが重なって丸一日時間が出来たんだ。アリスさえ良ければ、一緒に出かけようか」

「もちろんです……！　本当に、一日中一緒に過ごせるんですか？」

「うん。二人でゆっくり観光しよう」

アーサー様とティナヴィアの街を観光したいとずっと思っていたけれど、まさかこんなにも早くに実現できるなんて。これ以上ない楽しみが出来たわたしは、再び浮かれてしまったのだった。

◇◇◇

翌日。わたしはアカデミーが終わった後、ロバーツ家の使用人であるコーディと共に、街へとやって来ていた。四日後のアーサー様とのデートを成功させるべく、下見に来たのだ。

見るからにたくましい彼はとても腕が立つらしく、安心して出かけることができる。ちなみにエマ様は習い事があるようで、さぼってしまいそうな勢いだったのを何とか止めてきた。

市場はとても賑わっていて、たくさんの店や人に胸が弾む。昔からよく此処に来るというコーディに、お勧めの屋台や食べ物を聞いていき、頭に入れていく。

「おい、早くしてくれよ。数も数えられねぇのか」

「す、すみません……！」

そんな中、苛立ったような男性の声が聞こえてきて視線を向けると、小さな果物屋で何やら揉めているようだった。そこには泣きそうな顔をした小さな女の子が一人いるだけで、大人の姿はない。

男性客が文句を言いながら去った後、気になったわたしはその子の下へと向かった。

「こんにちは」

「こんにちは、い、いらっしゃいませ！」

「もしかして、一人で働いているの？」

わたしがそう訊ねると、彼女は少し躊躇《ためら》った後、いつも一緒に働いている母親が腰を痛めて寝込んでいること、店を一日休むだけでかなりの損失が出てしまうこと、母親には無理を言って一人で働きに出てきたことを話してくれた。

こんなにも小さな子が母を想い一人で必死に働いている姿に、わたしはひどく胸を打たれて。

「……わたしで良ければ、お手伝いしましょうか？」

「「えっ」」

思わずそんな提案をしたことで、少女とコーディの声が見事に重なった。

「そ、そんな……貴族の方に手伝ってもらうなんて……」

「こんな経験、きっと二度と出来ないもの。もちろんお金はいらないから、一緒に働かせてもらえたら嬉しいな」

「本当にお願いして、いいの……？」

「ええ、もちろん。こちらこそお願いしたいぐらい」

コーディも少し困ったような様子だったけれど、お願い、と何度も言えば彼も渋々頷いてくれた。

ハーフアップにしていた髪を解くと、高い位置でポニーテールに結び直し、ネルと名乗った女の子から借りたエプロンを身に付ける。元々今日は地味な服装をしてきたこともあり、こうして見ると元々華やかな顔立ちではないせいか、貴族の令嬢らしい雰囲気は大分消えた気がする。

そうして手伝いをし始めたのだけれど、思った以上に楽しくて、あっという間に時間が過ぎていく。沢山の人と気兼ねなく何気ない言葉を交わすのは、気を遣い続ける社交の場とはまるで正反対で、不思議な感覚だった。

……自国に戻れば、こんな経験をすることなど二度とないだろう。今日限りの貴重な経験を楽しんでいるうちに、空はオレンジ色に染まり出した。まだ商品は残っているものの、ネルちゃんもわたしもそろそろ帰らなければ、と思っていた時だった。

ふと視線を感じて顔を上げれば、そこにはなんと、あのホールデン様が従者を何人も連れて立っており、信じられないという顔でこちらを見ていたのだ。

思わず固まるわたしを他所に、彼はどんどんこちらへと近づいてきて、やがて屋台の前で足を止めた。隣にいたネルちゃんは「こんなにキレイな人、はじめて見た……！」と呟き、彼の整いすぎた顔に見惚れている。

「……貴族のくせに、こうして市場で働かなければならないくらいお前の家は貧しいのか？」

若干の哀れみが混じった瞳を向けられ、わたしは慌てて口を開く。

「ち、違います。この子が一人で働いていたので、たまたま手伝っているだけです」

「何故、そんなことを？」

「大変そうに見えたので。あと、一度こうして働いてみたかったんです」

意外ととても楽しいんですよ、なんて言うと、彼は金色の輝くような瞳でじっとわたしを見つめた。得体の知れない生き物を見るような、そんな目だった。つい余計なことを言ってしまったと、すぐに悔やんだ。

やがて彼は目の前にあった真っ赤な林檎をひとつ手に取り眺めたあと、再びわたしへと視線を戻した。

「ここにある全部、包め」

「えっ？」

「全部買うと言っているんだ。早くしろ」

「ど、どうして」

「売りたくないのか」

「い、いえ！　ありがとうございます！」

ネルちゃんは、「ぜんぶ……？」と瞳をまんまるにして、わたしとホールデン様を見比べている。

何故彼がそんなことを言い出したのかはわからないけれど、こんなにもありがたいことはない。

わたし達は慌てて、果物を全て丁寧に包んでいく。その結果かなりの量と金額になったものの、彼は変わらず涼し気な表情を浮かべたまま代金を支払い、従者に沢山の果物を持たせていた。

「あの、ホールデン様」

「何だ」

「本当に、ありがとうございました。これでこの子も、この子のお母様も、とても楽になると思います」

そう言って頭を下げると、彼は何も言わずわたしに背を向けて去って行った。やはり、よく分からない人だと思ってしまう。今日も彼の気まぐれだったのだろうか。

「お姉ちゃん、本当にありがとう！　これで明日はお休みできるし、お金もたくさんもらえて、本当にうれしい！」

「こちらこそ、手伝わせてくれてありがとう。お母さんとゆっくり休んでね」

「うん！　あの綺麗で優しいお兄ちゃんにも、ありがとうって言っておいてほしいな」

「うん。わかったわ」

……果たして彼は本当に「優しいお兄ちゃん」なのだろうか。つい、そんなことを考えてしまう。

因はと言えば、彼のせいでエマ様は辛い目にあったのだ。今日はとても助かったけれど、やはり彼とはなるべく関わりたくないという気持ちは、わたしの中で変わらなかった。

募っていく疑問

翌日、いつも通りエマ様と共にアカデミーへと登校すると、校門前でちょうど馬車から降りてきたらしいホールデン様と、ばっちり目が合ってしまった。

進んで彼と関わりたくは無かったけれど、ネルちゃんにもお礼を伝えてほしいと言われているのだ。わたしは小さく深呼吸をすると、彼に笑顔を向けた。

「ホールデン様、おはようございます」

「……ああ」

「昨日の果物屋の女の子も、お礼を言っていました。改めて、ありがとうございました」

「そうか」

それだけ言うと、彼はそのまま校舎へと向かって行く。

無愛想ではあるけれど、きちんと返事を返してくれることにわたしは内心驚いていた。

そしてそんなわたしよりも、彼とのやりとりを隣で聞いていたエマ様の方が驚いている様子で。

彼女は両手で抱えていた鞄を、ぽとりと地面に落としていた。

「ア、アリス様、今のは一体……」

「実は、昨日――」

エマ様に彼の話をするのは気が引けて、帰宅後もその話だけはしていなかったのだ。

昨日の出来事を全て話すと、彼女はやはり信じられないといった表情を浮かべていた。

「あのホールデン様が、そんなことを……？」

「はい、わたしも本当に驚きました」

そうしてエマ様と話をしながら教室へと向かっていると、廊下であの体当たり令嬢と出くわした。

また何かされては困ると、わたしは思わず身構えたのだけれど。

「……ひっ」

何故か彼女はわたしと目が合うと、まるで化け物を見るかのような視線を向け、怯えながら走り去って行ったのだ。

その尋常ではない様子に、エマ様だけでなく周りにいた生徒達も皆、不思議そうな顔をしてわたしを見ていた。つい先日までは、人を小馬鹿にするような笑みを浮かべていたというのに。あまりの変わり様に、こちらまで戸惑ってしまう。

あの様子を見る限り、彼女からの嫌がらせは止みそうで少し安心したものの、あそこまで彼女を怯えさせる原因は一体何なのか、気になって仕方がない。なんだか、気味が悪い。

けれどいくら考えても、答えは出なかった。

◇◇◇

「わあ、美味しい……！」

「本当だね。アリス、俺の方もあげるよ」

「ありがとうございます」

そして週末。わたしはアーサー様と共に、市場へとやって来ている。結局下見は十分にできなかったけれど、コーディに教えてもらった屋台はどれも素敵なお店ばかりだった。

今彼と食べているのは、小さな丸いパンのような物に色々な味がついているもので。味の違うものを交換したり、感想を言い合ったり。そもそも食べ歩きというものをした事がなかったわたしは、全てが楽しくて仕方がなかった。

「アリスおねえちゃん！」

二人で手を繋いで市場を回っていると不意に名前を呼ばれ、声がした方へと視線を向ければ、ネルちゃんがこちらに向かって手を振っているのが見えた。隣には、母親らしき人の姿もある。

市場で彼女の手伝いをしたという話は、行きの馬車の中でアーサー様にも話してあった。彼は「いい経験が出来たんだね」と、優しく頭を撫でてくれた。

「先日は、本当にありがとうございました。貴族の方にこんなくたびれた屋台を手伝っていただいたなんて……何とお礼を言ったら良いか」

「いいえ、こちらこそ素敵な経験をさせていただきましたから」

ネルちゃんはと言うと、アーサー様を見つめきらきらと目を輝かせている。

「アリスお姉ちゃんのお友達は、みんなとってもかっこいい人ばっかり！　うらやましいな」

「ありがとう。また遊びにくるね」

ささやかですが先日のお礼に、と可愛らしくカットした果物を刺した串を貰い、それを片手に再びアーサー様と歩き出す。

「……ねえアリス、みんなって言うのは？」

「先日お手伝いした際に同じアカデミーの方が通りがかって、品物を買っていってくれたんです」

「そうなんだ」

彼は変わらず、眩しい笑顔を浮かべている。

「アカデミーでも、友人が出来たんだね」

「いえ、友人ではないと思います。多分、他人です」

「品物を全て買うなんて、他人の為にはしないと思うけど」

アーサー様はそう言ったけれど、どう考えてもホールデン様とわたしは友人という括りには当てはまらないだろう。彼の方は、わたしを知人とすら思っていないに違いない。

そんなことを考えていると、ふと疑問が浮かんだ。

──あれ、ホールデン様が品物を全部買ってくれたという話を、わたしは彼にしただろうか。

「そろそろ昼食にしようか。アリスの好きな海鮮料理の店を、予約してあるんだ」

「本当ですか？　楽しみです」

……きっと、わたしの勘違いだろう。そう思いながら彼に手を引かれ、市場を後にしたのだった。

溶けていく

食事を終えた後、わたし達はティナヴィア王国有数の観光地である、スイレンが咲き誇る湖へとやって来ていた。二人で小舟に乗ることが出来るらしく、すぐに乗ってみたいと言うと、アーサー様は笑顔で快諾してくれた。

木製の小舟の上で向かい合って座り、アーサー様がゆっくりとオールを漕いでいく。周りに人気はなく、心地よい静寂に包まれていた。時折、ちゃぷんという水の音だけが響く。

「……本当に、綺麗ですね」

色とりどりのスイレンが水上に咲き誇るその様子は、この世のものとは思えない美しさで。思わず溜め息が漏れてしまう。

その幻想的な風景と静けさが相まって、まるで世界に二人きりのような錯覚を覚えた。

「実は、舟に乗るのは初めてなんです」

「本当に？　確かに、夏季休暇の時にも乗りそびれたね」

「ふふ、そんなこともありましたね」

アーサー様と二人で乗りたいと言うクロエ様に焦り、咄嗟に彼の手を掴んでしまったことを思い出す。そしてあの日、わたしは彼のことを好きだと自覚したのだ。

自分に自信が持てず卑屈になっていたわたしを、彼は救い出してくれた。あの日アーサー様がくれた言葉は全て、今も変わらずわたしの自信となっている。

「……アーサー様、大好きです」

思い出すだけでも、胸の中がじんわりと温かくなっていく。そしてどうしても彼に、今すぐ好きだと伝えたくなった。

そんな突然のわたしの告白に、アーサー様は少しだけ驚いた表情を浮かべた後、柔らかく目を細めて微笑んだ。

「俺も、君が好きだよ。おかしくなりそうなくらい」

「えっ？」

「いや、もう手遅れかもしれないな」

アーサー様は、ひどく憂いを帯びた笑みを浮かべていて。そんな彼の言葉の意味もわからず、わたしはその美しい顔を見つめることしか出来なかった。

「ごめんね。変なことを言って」

「いえ、そんなことは」

「本当に、君が好きなんだ。アリスの為なら何だってするよ。だから、いつでも俺を頼ってほしい」

「……はい。ありがとうございます」

最近、彼はわたしに対して何度も「頼ってほしい」と言ってくれている気がする。あまり迷惑だと思い込まずに、もっとアーサー様を頼ってもいいのかもしれない。

「君に頼られるのも、君を守るのも、俺だけでいい」

彼は形のいい唇で、三日月のような美しい笑みを浮かべたのだった。

◇◇◇

それからは、二人で手を繋ぎ王都の町中を散策した。

初めて見る物も多く、歩いているだけでも楽しい。途中で見つけたアイスクリーム屋が気になっていると、それに気づいたらしいアーサー様は折角だし寄ろうかと言ってくれた。

「アリス、口を開けて」

「えっ」

「ほら、早く。溶けてしまうよ」

アイスクリーム片手に近くのベンチに腰掛けると、アーサー様は突然そんなことを言い出した。

戸惑いながらも、言われるがままに小さく口を開ける。すると直ぐに、アイスクリームを載せたスプーンが口の中へと差し入れられて。口を閉じると、冷たさと甘さが広がっていく。

こんなにも甘いものだっただろうか。そう思えるほど、砂糖菓子のように甘く感じた。

「可愛い。アリスの食事は全て、俺が手ずからあげたくなるな」

「そ、そんな」

「冗談だよ。そんな生活が出来たらいいなとは思うけど」

それは冗談とは言わないのではと思ったけれど、口には出さないでおく。

最近、アーサー様のわたしへの甘やかしっぷりに拍車がかかっている気がする。もちろん嬉しいけれど、それ以上に恥ずかしくもあった。

「明日からもまた、お忙しいんですか？」

「一応、朝から晩まで予定は詰まっているかな」

「……辛くはありませんか？」

「うん、全然。アリスとの将来の為だと思えば、これくらい辛くも何ともないよ」

そう言って微笑む彼に、何故か泣きたくなってしまう。こんなにも自分を想ってくれている彼のために、今わたしが出来ることはあるだろうか。

「何か飲み物も買ってくるよ、ここから動かないでいて」

「はい、ありがとうございます」

そうして一人ベンチに残り腰掛けていると、杖をつきながらゆっくりと歩いていた女性が、わたしを見るなり足を止めた。綺麗にまとめられた髪は白く背中もかなり曲がっていて、かなり高齢のように見える。

「おや、こないだ市場でヴィンス坊ちゃんと話してた子だね。もしかして、坊ちゃんと同じアカデミーに通っているのかい？」

「ヴィンス……？　あ、多分、そうです」

一瞬、誰のことか分からなかったけれど、すぐにホールデン様のことだと気が付いた。あの彼が、平民らしき女性にヴィンス坊ちゃんだなんて呼ばれていることに、驚きを隠せない。

あの日、彼が屋台の全ての果物を買っていく様子には多くの人が注目していた。だからこそ、わたしの顔も覚えられていたのだろう。

彼女はあの市場のお菓子屋で、何十年も働いているという。

「昔うちの屋台の経営が苦しい時にも、ヴィンス坊ちゃんに助けていただいたことがあってね。本当に優しいお方だよ」

「……そう、なんですか？」

「ああ、今でもたまに市場に顔を出しにきてくれるんだ。是非また、遊びに来てほしいと伝えておくれ」

「はい、わかりました」

「ありがとう」

そう嬉しそうに微笑み、再びゆっくりと歩いて行く女性を見つめながら、わたしはヴィンス・ホールデンという人が余計にわからなくなっていたのだった。

冷たい温もり

エマ様を待ちながら、わたしは今日も一人、空き教室でピアノを弾いて過ごしていた。

つい最近、図書室で楽譜も借りられることを知り、それからは色々な曲に挑戦してみている。自国とはまた違った雰囲気の曲が多く、とても楽しい。

ちらりと時計を見ると、まだ授業が終わるまで時間はある。少し喉が渇いたわたしは学食に寄ろうと、いつもより早めに支度をし教室を出た。

「ご、ごきげんよう」

「……ああ」

すると教室を出て直ぐに、ホールデン様にばったりと出くわした。この辺りはいつも人気がない為、少しだけ驚いてしまう。彼もまた驚いているようで、その足は止まっている。

このまま一礼して立ち去ろうとしたけれど、ふと先日町中で会った女性のことを思い出した。

「あの、市場でお菓子屋さんをやっている女性が、また遊びに来てほしいと仰っていました」

「そうか」

すると彼は、昔を懐かしむようにその金色の瞳を柔らかく細め、少しだけ口角を上げたのだ。笑っている彼を初めて見たわたしは、驚きで手に持っていた鞄を思わず落としかけた。

――ホールデン様も、こんな顔をするんだ。

元々の整いすぎた顔立ちのせいもあってか、その笑顔はとても美しいものだった。いつも冷たい表情をしているのが、勿体なく思えてしまうくらいに。

「また市場に行ったのか？」

「いいえ、町中でお会いしました。けれどまた、遊びに行きたいと思っています。一度や二度では回り切れませんから」

「そうするといい」

それだけ言うと、ホールデン様は薄い微笑みを携えたまま再び歩いて行く。いつもの冷たい雰囲気とはあまりにも違う彼に、なんだか戸惑ってしまう。

初めて自国で会った時とは、まるで別人のようで。どちらが本当の彼なのだろうと、少しだけ気になった。

◇◇◇

数日後の朝。エマ様は用事があるらしく一人で校舎へ向かって歩いていると、不意に足をかけられ、思い切り転んでしまった。砂埃まみれになったものの、怪我はしておらずほっとする。

顔を上げれば、マルヴィナ様の取り巻きである勝気な顔をした令嬢と目が合った。今度はこれかと溜め息をつきながら立ち上がろうとすると、突然目の前に手を差し出されて。

誰だろうと顔を上げたわたしは、そこにいた人物の顔を見た瞬間、思わず出した手を引っ込めてしまいそうになった。

「ホールデン、様……?」

「そんな所で転がっていては邪魔だ、早く立て」

「す、すみません」

差し出された手を無視する訳にもいかず、彼の手に恐る恐る自分の手を重ねる。放たれた言葉は冷たいけれど、その手はとても温かかった。

「ありがとう、ございます」

立ち上がりお礼を言ったわたしを無視すると、彼は足をかけた令嬢に視線を向けた。

「お前、アンブラー家の娘だな」

「は、はい」

「次はないと思え」

そう言われた令嬢は顔を真っ青にし、この世の終わりのような顔をしていて。その手ははっきりと見て取れるほど、ガタガタと震えていた。

……どうやらわたしは、彼に助けられたらしい。けれどいくら考えても、彼がわたしを助ける理由が見つからない。

校舎へと向かっていくホールデン様の背中をぼんやりと見つめながら、わたしはしばらくその場に立ち尽くしていたのだった。

「どうしてヴィンス様が、あんな女を……」

そんなマルヴィナ様の呟きが、耳に届くことは無いまま。

◇◇◇

今日は昼休みに、定期演奏会が開かれるらしい。プロ顔負けの生徒達が、中庭で楽器の演奏を披露するという。音楽が好きなわたしは、エマ様からの見に行こうという誘いを喜んで受けた。

昼食を食べ終え、二人で中庭へと向かう。既に中庭はたくさんの人で溢れていて、その人気が窺える。並べられているベンチの端に二人で座ると、演奏が始まるのを待った。

「ヴィンス様、あちらで一緒に見ませんか？」

「……結構だ、離してくれ」

すると不意に、すぐ近くからそんな会話が聞こえてきて。視線を向けると、マルヴィナ様がホールデン様に必死に声をかけているようだった。ホールデン様といつも一緒にいる方々も、どうしていいかわからないという顔をしている。

最近、こういった場面を見る機会が多い。エマ様曰くホールデン家の子息は皆、十七歳の誕生日前後に婚約者を決定するんだとか。そして、彼の誕生日ももうすぐらしい。だからこそ、マルヴィナ様も気合を入れてアピールしているのだろうと、想像がついた。

ホールデン様の表情はいつも以上に冷ややかで、本気で嫌がっているように見える。けれどマルヴィナ様も譲らない。

そして彼女が「少しだけですから、行きましょう！」と抱きつくように、ホールデン様の腕にしがみついた瞬間だった。

「っう……」

「……ヴィンス様？」

突然、彼は苦しげな声を漏らして俯くと、片手で口元を押さえた。

「どうかなさいました？　ヴィンス様？」

そんなマルヴィナ様の心配する声を無視すると、ホールデン様は思い切り彼女の腕を振り払った。口元を押さえたままふらふらと歩き出し、わたし達の横をすり抜けて行く。そして人混みの中に、彼の姿は消えていった。

その場に残された人々は皆、困惑した表情を浮かべている。けれど誰も、彼を追いかけようとはしない。

……すれ違う瞬間、一瞬見えた横顔は信じられないくらいに真っ青で。わたしもこのままこの場にいるつもりだったけれど、今朝彼に助けてもらったことをふと思い出す。

もしもあのまま、どこかで倒れたりしていては大変だ。

離れた場所から、様子を見るだけ。そう決めて、わたしはエマ様に少しだけ席をはずすことを伝えると、彼が歩いて行った方角へと歩き出した。

探し始めてすぐ、校舎裏で一人しゃがみ込んでいる彼を見つけた。時折苦しげな声を漏らしていて、呼吸はとても荒い。ひどく辛そうで、わたしは思わず側へと駆け寄った。

「大丈夫ですか？　人を呼んで来ましょうか？」

「……っ、……はあ……」

そう声をかけても、彼は苦しそうな呼吸を繰り返しているだけで。保健医を呼んでこようと、立ち上がった時だった。

左手を、彼にきつく掴まれていて。

「……っここに、いろ」

「えっ？」

発せられた予想外の言葉に、わたしは言葉を失った。

開けてはいけない箱

「……っここに、いろ」

そんな突然の言葉に戸惑いながらも、今はとりあえず、ホールデン様の気持ちを優先することにした。彼は今も尚、吐き気は収まらないようで、見ているだけで辛くなるほどに苦しげだった。

その身体は小さく震えていて、余計に不安になる。何かを恐れているような、そんな風にも見えて。わたしは堪らず、そっとその背中を撫でた。

……それから、どれくらい経っただろうか。やがて落ち着いたらしい彼は「もう、大丈夫だ」と呟き、ゆっくりと立ち上がった。

「本当に、大丈夫ですか？」

「……ああ。後日、礼はする。本当にすまなかった」

それだけ言うと、ホールデン様は重たい足取りでその場を後にした。正直、先程の彼の様子は普通ではなかったように思う。多少気がかりではあったけれど、深入りする理由もない。

彼の姿が見えなくなるのを確認すると、わたしはその足でエマ様が待つ中庭へと向かった。

けれど結局、演奏会はほぼ終わりかけていて、まともに聞けたのは一曲だけだった。気落ちするわたしに、エマ様はまた次回一緒に聞きましょうと微笑んでくれて申し訳なくなる。

そしてその日、ホールデン様の姿を見ることは無かった。


翌日。エマ様と共に登校し教室へと足を踏み入れると、そこにはいつもと変わらないホールデン様の姿があった。遠目から見てもその顔色は良く、内心ほっとする。

それからは、いつも通りに過ごした。昼休みにはエマ様と共に学食で昼食をとり、彼女は用事があるらしく、わたしは一人で少し早めに教室へと戻る。

次の授業まで、先日図書室で借りた小説を読んで過ごそうと思っていた時だった。

「少し、いいか」

そんな声に顔を上げれば、何故か目の前にホールデン様が立っていたのだ。

「は、はい。どうかされましたか?」

「二人で話がしたい。場所を変えられるか」

「それは少し、難しいかと」

「何故だ?」

「婚約者がおりますので、男性と二人きりになるのは……」

他国で知り合いがほとんどいないとは言え、周りに勘違いされるようなことは避けたい。昨日に限っては緊急事態だったから仕方ないと、自分の中で言い訳をする。

わたしの「婚約者がいる」という言葉に、彼は切れ長の瞳を少しだけ驚いたように見開いた。

けれどすぐにいつも通りの表情に戻り「留学中だと聞いたが、滞在先はどこなんだ」と訊ねられた。

「ロバーツ伯爵家、ですが」

「そうか」

そうして、彼は再び自席へと戻って行った。ふと視線を感じ辺りを見回すと、教室にいた生徒達は皆わたしと彼を見比べ、信じられないといった表情を浮かべている。

……結局、彼の話というのは何だったんだろう。何故滞在先を聞かれたのかも分からない。

なんだか本を読む気分ではなくなり、窓の外へと視線を移す。その途中で、こちらを睨みつけるようにして見つめるマルヴィナ様と視線がぶつかった。

もしかすると、わたしもホールデン様に懸想していると思われているのだろうか。いずれにせよ、穏やかな学園生活にはまだ程遠いような気がした。

◇◇◇

ホールデン様に声をかけられてから、数日が経った。

開校記念日によりアカデミーは三日間お休みで、連休初日の今日、わたしは部屋でのんびりとハンカチに刺繍をしていた。

お忙しいアーサー様に何か贈りたいと考えたけれど、結局これくらいしか思いつかなかったのだ。

そして彼の好きなアップルパイを作り、差し入れにするつもりでいる。

すると突然、ノック音が部屋に響いて。「どうぞ」と声をかけると、何やら焦った様子のエマ様が、部屋の中へと入ってきた。

「ア、アリス様……！　大変です！」

「どうかされましたか？」

「ホールデン公爵家から、大量の荷物が……」

「えっ？」

ホールデン公爵家から、大量の荷物。まさかと思いながらも、彼女に連れられ玄関へと向かう。

するとそこには、たくさんのプレゼントの箱が積み重ねられていた。

「なんですか、これ……」

「ヴィンス・ホールデン様から、アリス様への贈り物だそうです」

嫌な予想は、どうやら当たっていたらしい。

恐る恐る一番上にあった小箱を開けると、値段を考えるだけで具合が悪くなりそうな、大粒の宝石がついたネックレスが入っていた。これを見る限り、他の箱の中身もきっと高価な物に違いない。

軽く目眩を覚えていると、使用人であるコーディからメッセージカードを渡された。

そこには、「先日は済まなかった。礼として受け取ってほしい。返品は受け付けない、不要ならば捨てるように。ヴィンス・ホールデン」と、お手本のような美しい字で書いてある。

――なんだか彼らしいとは思いつつも、わたしは大量のプレゼントを前に頭が痛くなっていた。

そして、連休最終日。ロバーツ家の近くで行われる夜会を早めに切り上げ、会いに来たいというアーサー様からの手紙を受け取ったわたしは、浮き足立っていた。

少しでも時間を見つけて、こうして会いに来てくれるのが何よりも嬉しい。ハンカチは無事完成していたし、アップルパイも既に作ってある。身支度もしっかりメイドに整えてもらい、準備は万端だった。

やがてアーサー様の来訪を知らされ、早足で玄関へと向かう。今日も彼は、わたしだけでなくロバーツ家の皆様にも手土産を用意していて、なんだか彼ばかりに気を遣わせて申し訳なくなった。

まっすぐにわたしの部屋へと案内し、メイドにお茶の準備を頼む。夜会後だというアーサー様は、正装をしっかりと着こなしていて、今日もとても素敵だった。

「今、お腹は空いていますか?」

「ああ、少しだけ」

「良かった。もし良ければ、こちらを食べてください」

わたしはそう言って、彼に紅茶と共に手作りのアップルパイを出した。

「……もしかして、アリスがこれを?」

「はい、作らせていただきました」

アーサー様はとても喜んでくれて、頑張って作って良かったと嬉しくなる。

「子供の頃から、アリスが作ってくれたアップルパイを食べるのが夢だったんだ」

「本当ですか？」

「うん。練習してくれると言っていたから」

確かに、そんな会話をした記憶がある。なんだか懐かしくなり、余計に頬が緩んだ。何度も美味しいと言って食べてくれる彼を見ていると、幸せな気分になる。

完食後、改めて丁寧にお礼を言われ、また今度作って差し入れをする約束をした。

それからは他愛ない話をしていたけれど、不意にアーサー様の視線が部屋の一角で止まった。

「……あれは？」

彼の視線は、ホールデン様から贈られてきた沢山の箱へと向けられている。返品は受け付けないと言われてしまった以上、どうしていいか分からず、開封もせずに部屋の隅に置いたままだった。

「先日、贈られてきた物です」

「誰から？」

「アカデミーに通う方から、頂きました」

じっとアーサー様に見つめられ、なんだか後ろめたいような気持ちになる。

「体調の悪い方を心配したら、お礼にと」

「心配をしただけで、あんなにも感謝されるんだね。すごいな、余程の金持ちなんだろう」

アーサー様らしくない、少しだけ棘のあるその言い方に、戸惑いを隠せない。

そしてすぐに、彼が怒っているのだと気が付く。

「……ねえ、それって本当に、君が一人で付き添う必要があった？」

責めるようなその言い方に、わたしは俯いたまま、顔を上げられなくなってしまったのだった。

一難去らずにまた一難

「あら、手が滑った」

そんな棒読みのセリフが聞こえたと同時に、ばしゃんと頭上から大量の水が降ってきた。

もちろん、雨などではない。カランと音を立てて、水が入っていたらしいバケツが地面に転がったのが視界の端で見えた。

全身ずぶ濡れになったわたしは、言葉を失っていた。流石に、ここまでの嫌がらせは想像していなかったのだ。ぽたぽたと、髪やドレスの裾から水が垂れていく。

今日もエマ様は用事があるらしく、一人で昼食をとり終えた後に時計を見れば、まだ昼休みは半分近く残っていて。いつものように空き教室にでも行こうと、校舎裏の人通りが少ない道を通っていた時の事だった。どうして彼女達は、わたしが此処を通ることを知っていたのだろうか。

「ドブネズミみたいでお似合いよ」

「本当、可哀想だこと」

彼女達はずぶ濡れのわたしを見て、さも可笑しそうに笑っている。やがて、マルヴィナ様はわたしのすぐ目の前まで来ると、ぴたりと歩みを止めた。

「これ以上、ヴィンス様に近寄らないで」

それだけ言うと彼女はくるりと身を翻し、取り巻きの令嬢達を連れてその場を後にした。

――わたしはホールデン様に対して好意を抱いていないし、今以上に近付きたいとも思っていない。けれど今更それを伝えたところで、何も変わらないのは分かっている。

髪やドレスの裾からは絶えず水が滴っており、このまま教室に戻れるはずもない。わたしは一人、途方に暮れていた。

「……はあ」

そもそも、昨夜から寝込みそうなくらい落ち込んでいるというのに、こんな目にまで遭ってしまうなんて、本当についていない。流石に心が折れそうだった。

◇◇◇

『……すみません、軽率でした』

昨夜、怒っている様子のアーサー様に対し、わたしはすぐに謝罪の言葉を述べた。

どうして彼が一人で付き添ったことを知っているのかと、疑問に思ったけれど。以前、グレイ様に抱き止められた時のことをすぐに思い出した。あの時のように誰かに見られていて、それが彼にまで伝わってしまったのかもしれない。

世の中の狭さに驚くのと同時に、恐ろしくもなった。そして再び、アーサー様に迷惑や余計な心配をかけてしまったことを、悔やんだけれど。

——そんなに、悪いことだったのだろうか。不意に、そんな疑問が浮かんでしまった。

たとえあの場面を誰かに見られていたとしても、あの時のホールデン様の様子は、誰の目にもひどく辛そうに見えただろう。一人で行ったのは軽率だったけれど、体調の悪い人間を心配し、付き添っていたことが悪いことだとは思えなくて。

『……そんなに、悪いことだったんでしょうか』

そして思わず、口からはそんな言葉が漏れた。すぐに我に返り慌てて顔を上げると、何故かはっとしたように自身の口元を手で覆っているアーサー様と、視線が絡んだ。

『すまない。今のは忘れてくれないか』

『えっ？』

『……本当に俺は、どうかしてるな』

自嘲するような笑みを浮かべると、アーサー様は『今日はもう遅いし帰るよ。会えて嬉しかった』と言い、あっという間に屋敷を後にしてしまって。

わたしはただ黙って、彼を見送ることしかできなかった。結局、ハンカチも渡せないまま。

◇◇◇

初めてアーサー様と気まずい雰囲気になってしまい、わたしはずっと気落ちし続けていた。余計な一言を言ってしまったのが、何より悔やまれる。色々と考えているうちに、だんだんと視界がぼやけていくのがわかった。

こんな所で泣いていたって、何も変わらない。マルヴィナ様達を付け上がらせるだけだ。そう思っていても、涙は止まらない。我慢していたものが、溢れていく。

「あなた、大丈夫？」

そうして一人で泣き続けていると、不意にそんな声が聞こえてきて。

顔を上げると、澄んだ空色の瞳と目が合った。そしてその持ち主である彼女は、呆けているわたしに皺ひとつないハンカチをそっと差し出してくれた。

彼女の後ろには女子生徒やメイドらしき人々がいて、皆わたしを驚いたような表情を浮かべ、見つめていた。全身びしょ濡れで泣いているのだ、当たり前の反応だろう。

……確かアカデミーでは、公爵家クラスの上位貴族でなければ使用人の同伴は出来ないはず。かなり身分が高いことが見て取れた。

「あなた、嫌がらせでもされたの？　ずいぶん古くさいやり方ねえ」

「……あの、ありがとうございます」

「いいのよ。とりあえず髪を拭いて、着替えた方がいいわ」

お礼を言ってハンカチを受け取ると、わたしは小さく頷いた。

「ハリエット、貴女確か、予備のドレスを持っていたわよね」

「ええ、確かロッカーにあったけれど」

「彼女に貸してあげてくれないかしら？」

「いいわよ。全然気に入ってないものだし」

「リマ、ハリエットのロッカーからドレスを持ってきて頂戴」

「かしこまりました」

リマと呼ばれた女性はすぐにその場を離れ、校舎へと向かって行く。

「今替えのドレスを持ってくるから、待っていて」

「そんな、そこまでしていただくわけには……！」

「わたくし、ネチネチしたいじめって本当に嫌いなの。綺麗なドレスを着て戻って、ぎゃふんと言わせてやるといいわ」

まあ、わたくしのではなくてハリエットのものだけれど、と言って彼女は笑った。そんな彼女の優しさに、余計に涙腺が緩んでしまう。

やがてリマさんは、ドレスを大切そうに両手で抱え戻ってきた。淡いイエローのそのドレスは、遠目からでもかなり高級な物だということがわかる。

「お待たせしました」

「本当にお借りして、いいんですか……？」

「いいのよ。そのままでは何もできないでしょう」

リマさんからドレスを渡され、躊躇いがちに受け取る。彼女の言う通り、ここまでずぶ濡れでは迎えを呼んでもらうことすら難しかっただろう。本当に、感謝してもしきれない。

「あの、本当にありがとうございます。後日改めてお礼をさせてください。わたしは隣国のウェルベザ王国から短期留学に来ている、アリス・コールマンと申します」

「まあ、留学生だったのね。わたくしはリリアン・クレイン。後ろにいる彼女は……」

「アリス・コールマン⁉」

するとと突然、このドレスの持ち主であるハリエット様は、叫ぶようにしてわたしの名を呼んだ。

リリアン様も彼女のこの反応は予想外だったらしく、ひどく驚いた表情を浮かべている。

「貴女ね！　兄様がプレゼントを贈っていた相手は」

「お兄様、ですか？」

「ええ、私はハリエット・ホールデンよ。貴女、ヴィンスお兄様とはどういう関係なの？」

ヴィンス、お兄様。数拍遅れて、彼女があのヴィンス・ホールデン様の妹なのだと理解する。

一体、どんな偶然だろうか。そのお兄様と会話をしたせいでこんな目に遭っているだなんて、口が裂けても言えそうにない。

「本当にお兄様ったら、情けないわね。好きな女性がこんな目に遭っているのに、助けることすら出来ないなんて」

「えっ？　わたしはそんな」

「貴女、ヴィンス様のいい方だったのね！　わたくし、尚更応援するわ」

なんだかとんでもない勘違いをしている彼女達に対し、わたしは必死に否定をし続けたのだった。

ハリエット様からお借りしたドレスに着替え、わたしは急いで教室へと戻った。なんとか次の授業には間に合い、ほっと安堵の溜息をつく。

すると自席に座ってすぐに、教室中の視線が自分へと集まっていることに気が付いた。そしてそれはわたし自身ではなく、このドレスへと向けられていることにも。

確かにとても素敵だけれど、そんなに珍しいものなのだろうか。首を傾げつつ、次の授業が始まるのを待った。

やがて授業が終わると同時に、エマ様はわたしの下へと慌てて駆け寄ってきた。

「ア、アリス様、なぜこのドレスを……？」

「水に濡れてしまって、とても親切な方にお借りしたんです。あの、このドレスはそんなに珍しい物なのですか？」

そう訊ねると、彼女はぶんぶんと首を何度も縦に振った。

「アリス様はご存じないかもしれませんが、このドレスに刺繍されている花は、ホールデン家を象徴するものなんです」

「えっ？」

確かに、スカートの部分には美しい大きな花が刺繍されている。

彼女の話によると、この国の上位貴族には紋章の他に、その家を象徴する花があるのだという。

そして彼らはその花を象ったアクセサリーやドレスを身に付けるのだと聞き、わたしは目眩がするのを感じていた。

この状況でわたしが、ホールデン公爵家のドレスを着て現れるなんて、火に油を注いでいるようなものだ。恐る恐るマルヴィナ様へと視線を向けると、予想通り彼女はひどく恐ろしい顔をして、こちらを睨みつけていた。

それからはずっと、俯きながら午後の授業を受け続けた。やがて今日すべての授業を終えたわたしは、少しでも早く帰ろうと慌てて帰り支度をする。

そして鞄を手に取り、エマ様の下へ向かおうとした時だった。

「なぜ、お前がハリエットのドレスを着ている？」

そう声をかけてきたのは勿論、ホールデン様で。周りから刺すような視線を感じる中、わたしは尚も俯きながら口を開いた。

「ハリエット様とリリアン様が、水に濡れて困っていたわたしに貸してくださったんです」

「水に濡れて？　まさか誰かに」

「い、いえ！　わたしの不注意ですから。それと、あんなにも高価で沢山のお礼、受け取れません。後日お返しします」

「返さなくていい。要らないのなら捨ててくれ」

「そんなこと……と、とにかく、失礼します！」

今この状況で、これ以上彼と話すのは得策でない。わたしは一礼すると立ち上がり、その場を逃げるようにして離れた。

そうして人目を避けるように急いで馬車へと乗り込み、なんとか帰路についたのだった。

◇◇◇

「……どうしたらいいのかしら」

借りたドレスは綺麗にしてもらい、お礼の手紙と共にホールデン公爵家へと送った。それに対してハリエット様から丁寧なお返事が来たと思えば、なんと公爵家でのお茶会の招待状付きで。リリアン様も来るらしく、気軽に来てほしいとのことだった。

ずぶ濡れで泣いていたわたしに、彼女達は優しく声をかけてくれて助けてくれたのだ。ここで断っては失礼にあたるのも分かっている。けれどこれ以上、ホールデン公爵家とは関わりたくないというのが、正直な気持ちだった。

けれど「ご友人も是非一緒に」と書かれていたことで、わたしの心は揺らいでいた。エマ様が浮いてしまった原因でもある、ホールデン様の妹のハリエット様と仲良くなれば、彼女を避ける人も減るかもしれないからだ。

結局、彼女の社交界での立場が少しでも良くなればと思い、わたしはエマ様を誘って参加するとの返事を送った。

それからもマルヴィナ様からは睨まれ、嫌がらせを受ける日々が続いた。けれど先日の水かぶりに比べれば、さほど気にならないものばかりで。

アーサー様とは時々手紙のやり取りをしているものの、あの日以来会っていない。時間が出来ればすぐに会いに行くという言葉に、ひどく安堵したのを覚えている。

今回のお茶会に参加することや参加する理由も一応、数日前に出した手紙に書いておいた。

「アリス様、本当に私も行って大丈夫なのですか……？」

「はい、勿論です」

「本当にありがとうございます。こうしてお茶会に参加するのは何時ぶりでしょうか」

そして、お茶会の当日。わたし達はホールデン公爵家へと向かう馬車に揺られながら、そんな会話をしていた。エマ様は緊張している様子だったけれど、とても嬉しそうで。それだけでも、こうして参加することを決めて良かったと思える。

やがて馬車が停まった先には、驚くほど大きなお屋敷が聳《そび》え立っていた。

庭へと案内されると、可愛らしい動物の置物やたくさんの彩りの花で溢れていて、まるでおとぎ噺に出てくる世界のようだった。ここはハリエット様専用の庭らしい。

その一角には真っ白なテーブルが置かれており、可愛らしいお菓子とティーセットが用意されている。既に数人の令嬢がそれを囲むようにして腰掛けていて、ハリエット様はわたし達を笑顔で出迎えてくれた。

「ようこそいらっしゃいました、アリス様、エマ様」

それからすぐにお茶会が始まり、参加していた方々は皆素敵な方ばかりで、とても楽しい時間を過ごすことが出来た。

エマ様も絶えず笑顔を浮かべていて、嬉しくなる。わたし自身も改めて、リリアン様やハリエット様にお礼を言うことが出来てよかった。

「アリス様、少し一緒に庭を歩きませんか？」

「はい、是非」

お茶会が始まってから小一時間ほど経った後、そう声をかけてくださったのはハリエット様だった。ちらりとエマ様の方を見れば他の令嬢達と楽しそうに話していて、わたしは安心して彼女の誘いを受け、立ち上がる。

二人でゆっくりと庭を歩きながら、色々な話をした。彼女は明るくて、とても可愛らしい素敵な女性だった。

あのドレスを貸してくださったのも、ホールデン家の花が刺繍されているものを着ていれば、嫌がらせをしている側も迂闊に手を出せなくなるだろう、と思ってのことだったらしい。その気持ちはとても嬉しいけれど、まさかそれが裏目に出ているなんて言えるはずもなかった。

「それにしても、お兄様が女性にプレゼントを贈ったとこっそりメイドから聞いた時には、本当に驚きました」

「そうなんですか？」

「ええ。お兄様は貴族の女性が、本当に苦手なんです。だからこそアリス様が伯爵家のご令嬢だと知った時には、余計に驚いたんですよ。こんな事があるのかと」

そんな話を聞いたわたしは、驚きを隠せずにいた。

けれどマルヴィナ様に触れられた時の彼の反応や、市場の平民の人々に親切にしているという話など、思い当たる節はある。

あんな風に体調を崩してしまうほど、どうして彼が貴族女性が苦手なのかは気になったものの、わたしが聞いていい話ではないだろうと思い口を噤む。

「……態度も口も悪いですが、根は悪い方ではないんです。どうか、ヴィンスお兄様をよろしくお願いいたします」

ハリエット様はそんなわたしの手を取り、微笑んだ。

花のような笑顔

「すみません、ハリエット様。わたしには、一緒に留学に来ている婚約者がいるんです」

彼女の「お兄様をよろしくお願いします」という言葉は、友人としてのものではないような気がして。もしも勘違いだったなら恥ずかしいけれど、意を決してそう言えば、彼女は大きな瞳を更に大きく見開いた。

「まあ、そうだったの！　こちらこそごめんなさい、私ったら早とちりをしてしまって」

「いえ、大丈夫です」

「そのことを、お兄様はご存じで？」

「はい、知っています」

わたしがそう答えると、ハリエット様は目元を片手で覆い、深い溜め息をついた。

「……婚約者のいる女性にあんなにもプレゼントを贈る、お兄様が一番悪いですわね」

女性に贈り物などしたことが無いから、加減が分からなかったのでしょう、と彼女は、困ったような表情を浮かべている。

「それでもアリス様をきっかけに、少しでも女性嫌いが治ってくれたらと思っているんです。友人としてでも、お兄様と仲良くしていただけませんか」

「……すみません、少しでも婚約者の方に誤解されるようなことは避けたくて」

彼女達には助けていただいたのだ、そんな申し出すら断るのは正直心苦しい。恩知らずだと思われても仕方ないだろう。

けれどハリエット様は「分かったわ、変なことばかり言ってごめんなさいね」と言い、微笑んだ。

その優しさに胸を打たれ、余計に申し訳なくなってしまう。

「婚約者の方のこと、とても大切に想っていらっしゃるんですね。アリス様のお相手ですもの、素敵な方なんでしょう？」

「はい。わたしには勿体ないくらいに素敵な方です」

「羨ましいわ。私の婚約者は一体、どんな方になるのかしら」

そうしてお喋りに花を咲かせているうちに、いつの間にか広すぎる庭園の奥の方まで来てしまっていて。そろそろ引き返そうかと話していた時だった。

「……あ、おねえさま！」

「まあ！　ハロルド、こんな所で何を？」

「おにいさまと、鬼ごっこしてるの」

垣根の中からひょっこりと顔を出したのは三、四歳くらいの男の子だった。輝くような銀髪や二人の会話を聞く限り、彼はハリエット様のご兄弟なのだろう。

その天使のような姿はあまりにも可愛らしく、つい見惚れてしまう。

「ハロルド、ここか？」

すると突然、そんな声が聞こえてきて。先程、ハロルド様が出てきたあたりから顔を出したのは、なんとホールデン様だった。

彼もハリエット様も、そしてわたしも。全員がぽかんとしてしまう。やがて彼は何も言わずに草木の中から顔を引っ込めると、今度は垣根と垣根の間から普通に現れた。

その顔は、耳まで赤い。いつも冷たい雰囲気を纏っている彼のイメージとは違いすぎるその姿に、つい笑ってしまいそうになる。きっと彼も家では、優しい兄なのだろう。

「あっ、ちょっとハロルド！　待ちなさい！」

不意にハリエット様の手をすり抜け、走り出したハロルド様を彼女は慌てて追いかけて行く。子供というのは、思っている以上に足が速いのだと驚いた。

気が付けばこの場には、わたしと彼だけが取り残されていて。なんとも言えない、気まずい雰囲気が漂う。

「……なぜ、お前が此処に？」

「ハリエット様に、お茶会に誘っていただいたんです」

「そうか」

未だに少しだけ顔の赤い彼の頭にはよく見ると小さな葉がついており、どこで引っ掛けたのか、てっぺんのあたりには一輪の小さな花までくっついていた。

「ふふっ、頭からお花が咲いていますよ」

あまりにもその光景がいつもの彼とは不釣り合いで、ずっと堪えていたものの、わたしはもう限界だった。思わず声を出して笑ってしまう。

すると彼は笑っているわたしを見て、切れ長の瞳を驚いたように見開いた。

「……お前も、そんな風に笑うんだな」

「えっ？」

「笑っている方がいい」

そう言った彼は口元を小さく綻ばせていて、予想もしていなかったその言葉や笑顔に、わたしは戸惑いを隠せない。

「すみません、アリス様！　お待たせしました」

やがてハリエット様はハロルド様を抱きかかえて戻ってくると、彼をホールデン様の足元へとそっと降ろした。

「お兄様、今度はちゃんとハロルドを見ていてくださいね」

「わかっている、邪魔したな」

ハロルド様の手を引いて歩いて行く彼を見送ると、わたし達もお茶会の場へと戻ったのだった。

◇◇◇

「こっち、ではなさそうね……」

数日後、わたしは広すぎる王城内で一人、迷子になってしまっていた。似たような廊下が延々と続いており、今自分が何処にいるのかすら、分からなくなっている。

今日は王城内でアーサー様が生活している部屋に、遊びに行くことになっていた。久しぶりに彼に会えるのが、楽しみで仕方ない。先日渡せなかったハンカチと今朝作ってきたお菓子を渡し、きちんと謝ろうと思っていた。

その為にはまず、彼の下へと辿り着かなければ。やがて適当に進んで行くうちに賑やかな話し声が聞こえてきて、とにかく誰かに道を聞こうと声のする方へと向かう。

そうして見えてきたのは、大きな図書館だった。なるべく優しそうな人に声を掛けようと、きょろきょろと辺りを見回していると、不意に見覚えのある金色と視線が絡んだ。

「ご、ごきげんよう」

「ああ」

――偶然、彼と会う確率がおかしい気がする。

そしてホールデン様もまた、同じことを思っているのかもしれない。彼も驚いたような表情を浮かべ、わたしを見つめていた。

そんな彼のすぐ後ろには、アカデミーでいつも一緒にいる男子生徒達の姿がある。皆手には本を数冊抱えており、その本のタイトルには見覚えがあった。

「それ、先週の課題の……」

「ああ。アカデミーにあるものは既にほとんど借りられていたから、ここまで借りに来た」

そういえばわたしはまだ、その課題には手をつけていなかったことを思い出す。帰りは図書館に寄って、何か資料を借りていこうなんて考えていた時だった。

「……アリス？」

背中越しに聞こえてきた声に振り向けば、そこには見間違えるはずもないアーサー様その人が立っていたのだった。

嫉妬と褒美と

「約束の時間を過ぎてもなかなか来ないから、探しに来たんだ」

「すみません、迷ってしまって……」

「いや、最初から俺が迎えに行けばよかった。ごめんね」

「そんな、謝らないでください」

無事に会えたことに安堵し、アーサー様の下へとすぐに歩み寄る。彼はわたしの頭を優しく撫でると、そのまま頬に軽くキスを落とした。

彼が他人の目がある場所で、こんなことをするのは初めてだった。

「……アーサー・グリンデルバルド?」

そんな中、聞こえてきたのは戸惑ったようにアーサー様の名を呟くホールデン様の声で。

何故ホールデン様が、アーサー様のことを知っているのだろう。そんな疑問を抱き振り返ろうとすると、まるで振り返るなとでも言うように、アーサー様にぐいと抱き寄せられた。

「久しぶりですね。建国記念パーティ以来かな」

「……ああ」

他国と言えど、公爵令息同士ともなれば過去に交流する機会もあったようだった。それでも、二人が顔見知りだったことに驚きを隠せない。

「俺の婚約者である彼女にも、色々と良くしてくれているようで。感謝しているんですよ」

「別に俺は、何も……」

アーサー様のその言葉に、少しのひっかかりを感じる。彼は何故か、先日わたしが付き添いあのプレゼントを贈ってくださった送り主が、ホールデン様だと知っているようだった。

アーサー様はにこやかな笑みを浮かべてはいるものの、場には重苦しい雰囲気が流れていて。わたしは言葉一つ発せずにいた。

「そろそろ俺達は行きますね。おいで、アリス」

「は、はい」

未だに驚いた表情を浮かべるホールデン様に一礼すると、わたしはアーサー様に手を引かれ、その場を後にしたのだった。

◇◇◇

二人で廊下を歩いていると、沢山の値踏みするような視線を感じた。女性から向けられるのがほとんどで、既にアーサー様に惹かれている女性は少なくないのだろう。

わたしの少し前を歩く彼の横顔をそっと覗き見れば、輝くようなその美貌に思わず溜め息が出そうになる。本当に、わたしには勿体ない人だと思う。

やがてアーサー様の部屋へと着き、中へと入るなり彼はこつんと自身の額とわたしの額を合わせ

た。透き通るような二つの碧眼と、鼻先がくっつきそうな距離で視線が絡む。

「……酷いな、アリスは」

「えっ？」

「俺はなかなか来ない君のことを心配していたのに、他の男と楽しく話をしていただなんて」

「ち、違います！　そんなつもりは……」

慌てて、必死に否定をする。そんなわたしを見て、アーサー様はくすりと微笑んだ。

「わかっているよ、少し意地悪したくなったんだ」

「本当、ですか？」

「嫉妬したのは本当だけどね」

アーサー様はそう言うとわたしから離れ、ソファに腰掛けるよう勧めてくれた。

そして彼は手ずから、ポットに入っていたアイスティーをカップへと注いでくれた後、当たり前のようにわたしのすぐ隣に腰掛ける。

それだけで胸が高鳴ってしまうわたしは、本当に重症かもしれない。

「……アーサー様、先日は本当にすみませんでした」

「俺こそ、きつい物言いをしてすまなかった。アリスのこととなると、自制が利かなくなるんだ」

許してくれるだろうか、と子犬のような瞳で見つめられる。アーサー様が謝る必要など、何もないというのに。すぐに「勿論です」と笑顔を向ければ、彼はほっとしたように口元を綻ばせた。

しばらく会っていなかったせいか、アーサー様の一挙一動に心臓が早鐘を打ってしまう。

「顔が赤いけど、どうかした？」

「ど、どうもしていないです……！」

「もしかして、照れてくれてる？　本当に可愛いね」

至近距離で愛おしげに細められる瞳に、心臓が痛いくらいに跳ねる。

だんだんと彼の綺麗な顔が近づいてきて唇が重なりそうになった瞬間、不意に大きなノック音が部屋中に響き、思わずびくりと身体が跳ねた。

「アーサー！　アリス嬢が来ているんだって？　何故私に声をかけてくれなかったんだ！」

「……殿下」

室内にまで響くあまりにも元気な殿下の声に、先程までの甘い空気はあっという間に消えていく。

すまない、とアーサー様は溜め息をつくとソファから立ち上がり、部屋の扉を開けた。

やがて部屋へと入ってきた殿下は、慌てて立ち上がったわたしを見るなりにっこりと微笑んだ。

「久しぶりだな、元気にしていたか？」

「はい、お蔭様で。殿下もお元気そうで良かったです」

「アーサーに日々、助けられているからな」

そうして殿下は、両手いっぱいに抱えていた沢山のお菓子をテーブルに置いた。まるで宝石のような見た目の物もあり、ついつい目を奪われてしまう。

「ティナヴィアの名産品の菓子だそうだ。女性の好みそうな装飾品も沢山あったんだが、アーサーが怒るだろう？　だから、菓子だけ持ってきた。良ければ受け取ってくれ」

「ありがとうございます……！　嬉しいです」

「此処に来てからというもの、毎日のように色々と届けられるんだ。勿論、毒や変なものが入っていないことは確認済みだから安心してほしい」

そのうち店でも開けそうだと、殿下は苦笑いしている。

「色々と大変そうですね」

「まあな。だが俺だけではないぞ、アーサーもだろう？」

「……まあ、そうですね。けれど俺の場合は、女性からは全て受け取っていないので」

その言葉を聞き、彼が遊びに来てくれた際、わたしはホールデン様からの大量のプレゼントを部屋に置いておいたままだったことを思い出し、罪悪感に襲われた。

もし今ここに女性からのプレゼントが置いてあったとしたら、わたしは間違いなくへこんでしまっていただろう。心の底から、先日の自分の愚かさを悔いた。

「この国でも、アーサーに近付こうとする女性の数はすごいぞ」

「そ、そんなにですか……？」

「ああ。顔と外面だけは、本当に良いからな」

そう小声で言い、殿下はけらけらと可笑しそうに笑う。

「しっかり聞こえていますよ。もちろん、婚約者がいると言って全てあしらっているからね」

「はい、ありがとうございます」

「それにしたって、この国の女性は押しが強いよな。昨日の夜会で会った侯爵令嬢なんて、アーサーに何回振られても諦めていなかったじゃないか」

「名前すら覚えていませんけどね」

「何だったかな、マルティナ？　マルビナ？　そんな感じの」

殿下がそう言った瞬間、二人の会話に耳を傾けながら紅茶を飲んでいたわたしは、思わず呟き込んでしまった。

「アリス嬢？　大丈夫か」

「す、すみません……」

てっきり、彼女はホールデン様のことだけを慕っているのかと思っていたけれど。見目が良く、家格の高い男性なら誰でも良いのかもしれない。

もしもわたしがアーサー様の婚約者だと彼女に知られてしまうと、余計に面倒なことになるだろう。どうなってしまうか、簡単に想像がついた。

「アーサーは本当に、アリス嬢命だな。どんなに美しい令嬢が寄って来ても、一言であしらって終わるくらいだぞ？」

「アリス以外を、異性だと思っていないですから」

「そ、そうか。流石だな」

当たり前のようにそう言ってのけたアーサー様に対し、殿下は若干引いている様子だった。

わたしはと言うと、彼のそんな言葉を受け、嬉しくてつい口元が緩んでしまっていた。

「アリス嬢もたまには、忠犬アーサーに褒美をやるといい」

「褒美、ですか？」

「君からキスの一つや二つしてやると、きっと喜ぶぞ」

そう耳打ちすると、殿下は悪戯っ児のように微笑み「そろそろ、アーサーの目も恐ろしいしお暇するとするか。またな、アリス嬢」と言い部屋を後にした。なんだか、嵐のようだった。

それにしても、わたしからキスをするだなんて。そんな恥ずかしいこと、できるはずがない。冗談だろうと思いつつアーサー様へ視線を移すと、彼は眩しいくらいの笑みを浮かべていた。

「ねえ、アリス。欲しいな」

耳打ちの意味など、全く無かったらしい。期待を込めた視線を向けられたわたしは、ひどく動揺してしまうのだった。

秘密基地

「駄目かな？」

「え、ええと……」

殿下を見送ったアーサー様はそのままこちらへと来ると、どうしていいか分からず戸惑っているわたしの隣に腰掛けた。形の良い唇は、楽しげに弧を描いている。

「俺はティナヴィア王国に来てから、アリス以外の女性とは三言以上話していないって知ってた？」

「えっ？」

「それくらい、君以外に興味がないんだ」

そう言って、アーサー様はソファの上に置いていたわたしの手を握った。

「忠犬らしく、お手でもしようか？」

「そんなこと、冗談でも言わないでください」

「アリスは怒った顔も可愛いね」

そんなことを言いながら、少しだけ意地の悪い笑みを浮かべるアーサー様は本当にずるい。

けれどわたしは、いつも彼から沢山のものや幸せを貰ってばかりいるのだ。アーサー様を喜ばせたい気持ちは勿論ある。とても恥ずかしいけれど、わたしは意を決してこくりと頷いた。

「……わかりました。こんなことで良ければ」

「本当に？　嬉しいな」

まだかまだかと訴えるような瞳に見つめられ、余計に恥ずかしくなってしまう。それに必死に耐えながら、彼の足に手を置き、ゆっくりと整いすぎた顔に近づいていく。

そして唇が重なるまであと少し、という所まで来た時だった。

突然、後頭部に手が回されたかと思うと、あっという間にわたしの唇は彼によって塞がれていたのだ。少しだけ離れてはまた深く重なり、何度もそれが繰り返されていくうちに、わたしは何も考えられなくなっていた。

うまく呼吸が出来ずにいたせいで、唇が離れた頃には軽い酸欠になっていて、頭がクラクラしてしまう。そんなわたしを見て、アーサー様は満足気に笑った。

「ごめんね。やっぱりアリスからしてもらうのは、別の機会にお願いしようと思って」

「別の機会……？」

「うん。俺しか見ていないなんて、勿体ないからね」

……別の機会とは、一体いつなんだろう。そして勿体ないという言葉の意味も、わたしにはわからない。

そんなことを考えていると、頬の火照りが収まらないうちに再び、アーサー様の顔が近づいてきて。また、唇が重なった。やがて、真っ赤になっているであろうわたしの頬をするりと撫でると、彼は「本当に可愛い」と口元を綻ばせた。

「俺は子供の頃から両親に心配されるくらい、欲しい物なんて何ひとつ無い人間だったんだけどな」

「そうなんですか？」

「ああ。けれどアリスといると、欲張りになるみたいだ」

そう言って、今度はわたしの頬に軽く口付ける。

「好きだよ、アリス」

「……わ、わたしも好きです」

「それなら、もう二度と他の男とは話さないでね」

「えっ？　そんな……」

再び動揺してしまうわたしに対して、アーサー様は「冗談だよ」と言うと、砂糖のように甘い笑みを浮かべたのだった。

◇◇◇

翌日。アカデミーでいつも通り過ごしていたわたしは、昨日のアーサー様との時間を思い出す度に、ついつい口元が緩んでしまっていた。そうして上機嫌のまま、いつも通りエマ様を待つために空き教室へと向かっていたけれど。

その途中で、突然誰かに思い切り肩を押されたのだ。その結果、横によろけてしまい、わたしは見覚えのない教室の中に入ってしまっていた。何が起きたのかわからず呆然としているわたしの目の前で、勢いよくドアが閉まる。

「あれ、この教室でいいんだっけ?」

「どこでも同じでしょう」

そんなひそひそとした声が聞こえた後、やがて逃げるように複数の足音が遠ざかっていく。

それがいつもの嫌がらせだと理解した時にはもうドアは開かなくなっていて、わたしは完全に閉じ込められてしまったようだった。

「………はあ」

せっかく幸せな気分だったのに、と一人溜め息をつく。

こんな人通りの少ない場所では、中々助けてもらえそうにないなと肩を落としていると、不意に背後から人の声がした。

「何をしている？」

「ひっ！」

まさか先客がいたとは思わず、小さく悲鳴が漏れる。

恐る恐る振り返れば、そこに居たのはなんとホールデン様だった。

「ど、どうしてここに……？」

「俺は一人になりたい時、いつも此処にいるんだ」

そうして彼が指差した先には、沢山の椅子や机、木箱などが積み上げられた山に隠れるようにして置かれている、この部屋には不釣り合いな高級ソファがあった。

その周りには本や飲み物などもあり、まるで自室の一角のようになっている。まるで秘密基地のようだった。

「お前こそ、何をしている？」

「……その、閉じ込められてしまった。みたいで」

「は？」

「ドアが、開かないんです……」

わたしだけでなく、彼まで閉じ込められてしまったことで罪悪感に襲われてしまう。とんだ巻き込み事故だ。

ホールデン様もまた、ドアが開かないかと何度か試していたけれど、やがて諦めたらしく深い溜め息をついた。

「俺が迎えの時間までに戻らなければ、そのうち従者が此処へ迎えにくるだろう。安心しろ」

「本当ですか？　よかった……！」

その言葉にほっと安堵しつつ、それまではホールデン様とここに二人きりだという事実に気が付いたわたしは、冷や汗をかいていた。アーサー様には申し訳ないけれど、これは不可抗力だから仕方ないと心の中で言い訳をする。

「座るか？」

「け、結構です！　立ちたい気分なので」

「そうか」

彼の隣に座らないかと勧められたけれど、流石にそれは良くない気がしてついそんな事を口走ってしまう。

なんとも言えない沈黙が続いた後、先に口を開いたのはホールデン様だった。

「前に言っていた婚約者というのは、アーサー・グリンデルバルドの事だったんだな」

「はい」

「……お前は、ああいう男が好きなのか」

「えっ？　そ、そうですね」

そのよく分からない質問に、戸惑いつつも頷く。そしてまた、沈黙が流れた。

……ふと時計を見れば、閉じ込められてからまだ数分しか経っておらず、時間の流れがひどく遅く感じる。早く誰かが助けに来てくれますようにと、祈らずにはいられなかった。

動き始めた恋心

「……この部屋にも、ピアノがあれば良かったな」

しばらくの沈黙の後、ホールデン様はそう呟いた。

「ピアノ、ですか？」

「いつも弾いていただろう。この部屋にまで聞こえていた」

まさか、あんな風に好き勝手に弾いていたものを誰かに聞かれていたとは思わず、少しだけ恥ずかしくなってしまう。

それと同時に、ふと気付いてしまった。

「もしかして、あのピアノの調律の手配をしてくださったのも、ホールデン様ですか？」

「……ああ」

「ありがとうございます。本当に嬉しかったです……！」

つい嬉しくなり笑顔でお礼を言えば、彼は「そうか」とだけ言い、ふいと顔を背けてしまった。

何か気に障ることを言ってしまったのだろうか。

けれど、本当に嬉しかったのも事実で。あの空き教室で過ごす時間は、わたしにとって大切なものになっていた。

「あの、毎回気分で弾いていましたし、初めて弾くものなんかもあったので、お耳汚しを……」

「いや、いい演奏だった。母がいつも弾いてくれた曲もあって、懐かしい気分になれた」

きっと図書室で借りたこの国の楽譜の中に、彼のお母様が弾いていたものもあったのだろう。懐かしげに目を細めた彼は、ひどく穏やかな顔をしていた。

「きっと、とても美しい方なんでしょうね」

「ああ。少しだけ、お前に似ている」

「えっ？」

「もちろん、母の方が比べ物にならないほど美人だが」

「そ、そうですか……」

「雰囲気が似ているんだ」

一瞬、見た目かと思ってしまった自分が恥ずかしい。

「どんな方なんですか？」

「あの市場で働いていた、普通の平民だ。見目が良かったせいで父に見初められ、ホールデン公爵の第三夫人になった」

ホールデン様のお母様が平民だということに、わたしは内心かなり驚いていた。

ちなみにこの国では一夫多妻制が認められており、上位貴族であれば数人の妻がいるのが普通なのだという。馴染みのないわたしからすると、信じられない法律だった。

もしもアーサー様に自分以外の妻が出来ると思うと、わたしには耐えられそうにない。この話を聞いたときには、自国に生まれて良かったと心の底から思った記憶がある。

「俺が貴族の女性が苦手だという話を、ハリエットから聞いたんだろう」

「はい、勝手にすみません」

「いや、いい。……元々上位貴族だった第一夫人と第二夫人によって、母も俺も長年、酷く虐げられていたんだ。平民の血は汚らわしいと」

「え……」

「その頃の記憶のせいで、触れられるだけであの様だ」

情けないだろう、と自嘲するように言った彼に、わたしはかける言葉が見つからなかった。

わたしはずっと、彼がとても恵まれている人間だと勝手に思い込んでいた。貴族ではよくある、甘やかされて育った結果、あんな態度をとっているのだと思っていたのだ。

けれど実際、高圧的な態度を取ることは、彼にとって一種の自分を守る術だったのかもしれない。

あの日の怯えたような、辛そうな姿を思い出すと胸が締め付けられた。

……彼の態度のせいでエマ様が周りから浮いてしまい、辛い思いをしたのも事実だ。粗相をしてしまったとは言え、必死に謝っている女性に対して怒鳴るのは、今でも良くないことだとは思っている。

けれどもう、彼のことを責める気にはなれなかった。

「きっと、一生このままなんだろうな」

「そんな……な、何か方法があるかもしれませんよ！　少しずつ慣れるように練習するとか……」

言葉は見つからなくとも、何か励ませたらと思いそんなことを言ったわたしを見て、ホールデン様は眉尻を下げ小さく微笑んだ。

「それなら、お前が練習相手になってくれ」

「えっ？」

「俺は、お前がいい」

眩しいほどの金色と、視線が絡む。

突然のそんな言葉に、わたしは声ひとつ出すことができなかった。じっとわたしを見つめる彼の瞳には、少しの熱が帯びている。

「アリス様！　大丈夫ですか⁉」

その瞬間、がらりとドアが開く音と、エマ様の声が教室内に響いた。はっと我に返ったわたしの心臓は、様々な驚きによりひどく大きな音を立てている。

胸元を押さえながら振り返れば、エマ様が慌ててこちらへ駆け寄ってくるのが見えた。

「エ、エマ様……！　すみません、助かりました」

「いえ、こんな場所に閉じ込められていたなんて……！　来るのが遅くなってしまい、すみませんでした。あの、ホ、ホールデン様も一緒だったんですか？」

わたしの後ろで、優雅にソファに腰掛けていた彼を見たエマ様は、かなり驚いている様子だった。

「それにしても、どうしてわたしがここに閉じ込められているってわかったんですか？」

「授業が終わった途端、知らない方に声を掛けられたんです。アリス様がこの場所に閉じ込められているから、早く助けるようにと」

「……知らない方、ですか？」

「はい。全く見覚えのない方が、まっすぐ授業が終わった私のところに来て、そう言ったんです。話を聞いて慌てて来ましたが、今思うと不思議な話ですね」

たしかに、不思議な話だ。けれど助かったのも事実で。エマ様にも、その知らない人物にも心から感謝した。

「アリス、俺は帰るからな」

「は、はい！　巻き込んでしまい、すみませんでした」

「ああ」

そう言って薄く微笑むと、ホールデン様は教室を後にした。

『俺は、お前がいい』

――あれは、どういう意味だったのだろう。

わたしはそんな先程の彼の言葉を思い出しながら、遠くなっていくその背中を呆然と見つめることしか出来ない。

そして彼が当たり前のように「アリス」と呼んだことに、わたしはまだ気付いていなかった。

自覚と後悔と

「アリス、落としたぞ」

「あっ、すみません。ありがとうございます」

教室に移動している途中、後ろからそう声をかけられ、振り返った先にいたのはホールデン様だった。そうして彼からお気に入りのペンを手渡され、お礼を言った数秒後、わたしは少し遅れて今起きた出来事に驚き思わず足を止めた。

……あのホールデン様が、床に落ちていたわたしのペンを自ら拾ってくださるなんて。そして何より、当たり前のようにアリスと名前を呼ばれたことにも驚きを隠せなかった。

周りにいた生徒達も同様だったらしく、皆驚いた顔でわたしと彼を見比べている。隣にいたエマ様はわたし以上に驚いているようで、ぽかんと桃色の唇を開けていた。

「どうした？」

「い、いえ……」

「早くしないと遅れるぞ」

そうしてスタスタと歩いて行く彼を見つめながら、一体どんな心境の変化があったのだろうと思ってしまう。初めて会った日の彼の冷たい声や瞳を思い出してみると、まるで別人だった。

「あの、アリス様」

「なんですか？」

「ホールデン様って、その、もしかして」

「はい？」

「い、いいえ、やっぱり何でもありません」

しばらく悩んだような素振りを見せた後、急ぎましょうかと微笑んだエマ様に疑問を抱きつつ、わたしも彼女と共に再び歩き出したのだった。

◇◇◇

翌日の放課後、わたしはハリエット様と二人並んで、王都の町中を歩いていた。先週彼女から手紙が届き、一緒にショッピングやお茶をしないかとお誘いを受けたのだ。

流行りの髪飾りをお揃いで買ったり、お互いに似合いそうなドレスを選び合ったり。明るくて可愛らしい彼女と一緒に居るのはとても楽しく、あっという間に時間は過ぎていく。

「まあ、可愛い！　ここにある全部、包んでちょうだい」

そして公爵令嬢なだけあって、彼女の買い物の仕方は派手なものだった。次々と馬車へ大量の購入物を運ばせている。一方のわたしは、髪飾りに少しの化粧品、そしてアーサー様用の美しい柄のレターセットを購入した。

そうしてお互いに満足が行くまで買い物をし「そろそろカフェに入りましょうか」というハリエ

ット様の誘いに頷き、歩いていた時だった。

「捕まえた」

そんな声が聞こえるのと同時に、突然背後からぎゅっと抱きしめられたわたしの口からは、驚きと焦りで変な声が漏れて。そしてすぐに耳元で聞こえてきた「可愛い声だね」という聞き間違えるはずもない彼の声に、一気に顔に熱が集まっていくのを感じた。

「ア、アーサー様……！」

「こんな所で会えるとは思わなかったな、嬉しいよ」

やがて彼の腕から解放されたわたしは、すぐに向き直った。未だに心臓は早鐘を打っている。

アーサー様はそんなわたしを見て嬉しそうに微笑むと、優しく頭を撫でてくれた。

「俺はこの近くで用事があってね。君は買い物を？」

「はい、これからお茶をしに行く所です」

「楽しそうで何よりだ。そちらは？」

そう言ったアーサー様の視線は、ひどく驚いた様子のハリエット様へと向けられている。

「ハリエット・ホールデン様です。同じアカデミーに通っていて、とても良くしてくださっているんです」

「そうなんだ。初めまして、アリスの婚約者のアーサー・グリンデルバルドです」

「こちらこそお初にお目にかかります、ハリエット・ホールデンと申します。もしかして、グリンデルバルド公爵家の……？」

「はい、よくご存じで」

兄であるホールデン様とは違い、ハリエット様とアーサー様は面識はないらしい。けれどグリンデルバルド公爵家の名は、知っているようだった。

「アリスとはご兄妹で仲良くしていただいているようで。彼女をよろしくお願いしますね」

「え、ええ……勿論ですわ」

「それじゃあ、俺はもう行くね。また連絡するよ」

「はい、お気をつけて」

楽しんでね、と言い軽く手を振ると、アーサー様は近くに停めてあるらしい馬車へと歩いて行く。わたしは未だに熱を帯びている頬を両手で押さえながら、女性達の視線をかっさらっていく彼の背中を見送った。

「……お兄様、相手が悪すぎるにも程があるわ」

「相手、ですか？」

「いえ、なんでもありません。アリス様の婚約者があのグリンデルバルド様だったなんて、驚きました。想像以上に素敵な方ですね」

「はい、そうなんです」

「とても愛されているようで、羨ましい限りだわ」

それからはハリエット様がよく来るというお洒落なカフェに入り、彼女おすすめのケーキセットを注文した。リリアン様とも来るらしいだけあって、ケーキも紅茶もとても美味しい。

カフェにいる間はずっとアーサー様とのことについて質問攻めの嵐で、気が付けば二時間以上も経っており、いつの間にか窓の外はオレンジ色に染まっていた。

◇◇◇

「今帰ったのか。遅かったな」

「ええ。アリス様と出掛けておりましたの」

従者に大荷物を持たせ広間へと入ってきたハリエットに向かって、ハロルドを抱いたままヴィンスはそう声を掛けた。そして彼女の名前を出した瞬間、兄の表情が変わったことに気が付いたハリエットは、深い溜め息を吐く。

「お兄様は、アリス様の婚約者がアーサー・グリンデルバルド様だと知っていましたか？」

「……ああ」

「私、お兄様は口も態度も悪いものの、お顔や家柄なら誰にも負けないと思っていました。だからこそ、まだチャンスはあるとこっそり思っていたんですけれど……」

そこまで言うと、ハリエットは二度目の溜め息を吐いた。

「本当に、相手が悪すぎますわ」

「何の話だ」

「ですから、アリス様のお話です。好きなんでしょう？」

「…………は」

その瞬間、ヴィンスの整いすぎた顔がぽかんと間の抜けたものに変わる。まるでそんなことなど、想像すらした事がないとでも言いたげな顔だった。

「俺が、アリスを……？」

いつの間にか彼女のことを名前で呼んでいるくせに、自身の恋心にすら気が付いていない兄に、どれだけ恋愛に疎いのだとハリエットは呆れてしまう。仕方なくはあるけれど。

この調子では、あの完璧男には手も足も出ないであろうことは簡単に予想がついた。

「お兄様、どうか後悔だけはしないようにしてくださいね」

だんだんと顔が赤くなっていく兄に向かって、ハリエットは長い睫毛を伏せ、そう呟いた。

どうか、そのままで

ハリエット様と出掛けた日の翌朝、エマ様と共にアカデミーへ登校し教室へと向かっていると、前方からホールデン様がご友人達と共に歩いてくるのが見えた。

「ホールデン様、おはようございます」

「……っお、は」

そしていつも通り、彼に向かって笑顔で挨拶をしたのだけれど。ホールデン様は挨拶らしきものをぼそりと言うと、わたしから顔を背けスタスタと通り過ぎて行ってしまう。

突然の態度の変わりように、何かしてしまったのかと不安に思いながら首を傾げていると、隣にいたエマ様がひどく気まずそうな顔をして、こちらを見ていることに気が付いた。

「……あの、アリス様」

「なんでしょう？」

「ほんの少し、鈍いなんて言われたりしませんか？」

「えっ？　い、言われますけど……」

それは昔から、グレイ様によく言われていたことだった。

リリーにも、何度か言われたことがある。そしてまだ付き合いの短いエマ様にすらこう言われているということは、わたしは余程鈍感なのだろう。

幼い時からずっとグレイ様の側にいて、彼の顔色だけを窺っていたせいかもしれない。他の人の感情を読み取るのが苦手だという自覚は、多少なりともあった。グレイ様に関しても、彼が怒っているというのを瞬時に察知するくらいしか出来ていなかったけれど。

アーサー様も優しいから何も言わないだけで、きっと心の中ではわたしのそういった部分に対して思うところがあるに違いない。思わず肩を落としてしまうわたしを見て、エマ様は慌ててわたしの手を取った。

「す、すみませんアリス様……！　私はそんなところも可愛らしく、素敵だと思っているんです」

「本当ですか……？」

「はい。そんなアリス様に救われている方も、沢山いると思いますよ。私自身、とても癒されていますから」

それに、気が付かない方が幸せなこともあります、と言ってエマ様は微笑んだ。

◇◇◇

その日の放課後、いつも通り授業を終えて二人で迎えの馬車へと向かっていると、やけに校門のあたりが騒がしいことに気が付いた。

わたし達の後から校舎を出てきた令嬢達が、ぱたぱたと急いで校門へと向かって行く。すると今度は、校門の方から来た令嬢達が頬を紅く染め、きゃあきゃあと楽しげに話をしているのが、すれ違い様に聞こえてきた。

「本当に素敵な方々でしたわね」

「一体、どんな方を待っているのかしら」

どうやら校門のあたりに、目立つ人々がいるらしい。けれどももちろん、わたしもエマ様も興味はなく、急ぎ足で人だかりの付近を通り過ぎようとした時だった。

「アリス」

背中越しに名前を呼ばれ、ぴたりと足を止める。

昨日聞いたばかりのその声に、まさかと思いながら振り返れば、こちらへと歩いてくるアーサー様と殿下の姿があって。予想もしていなかった二人の姿にわたしは声も出ず、ぱくぱくと金魚のように口を動かすことしかできなかった。

どうして、二人が此処にいるのだろうか。あまりに驚きすぎて、心臓は早鐘を打ち続けている。

そんなわたしを見て、殿下は楽しそうな声を上げた。

「いやあ、嬉しくなるくらいに驚いてくれたね。ありがとう」

「で、殿下……！」

思わずそう呟けば、周りが一気にざわついた。彼が高貴な方だというのは一目瞭然だけれど、どんな立場の方なのかということまでは誰も知らなかったらしい。

エマ様もひどく驚いているようで、慌てて頭を下げていた。

「今日は殿下と王都内の見学をしていてね、最後を此処にして君が終わるのを待っていたんだ」

「そ、そんな事、一言も……」

「うん。驚かせようと思って」

そう言ってアーサー様は悪戯っぽく笑うと、わたしの頰に軽い音を立ててキスを落とした。

そのせいで、余計に周りは騒がしくなってしまう。最近のアーサー様は、外でもやけに積極的な気がする。わたしは羞恥により一気に熱を帯びた頰を押さえ、俯いた。

「アーサー、お前は本当に……おや、そちらがアリス嬢の滞在先のご令嬢か。初めまして、私はデイラン・クロックフォードだ。私の大切な友人の、アリス嬢が世話になっている」

「お初にお目にかかります、エマ・ロバーツと申します。お会いできて光栄です」

そんな中、今日も大切な友人だと言ってくださった殿下に、わたしは胸を打たれていた。

「……さて、アリス嬢の驚いた顔も見れたことだし、先日はアーサーにネチネチと文句を言われ続けたからな。今日こそは二人の邪魔をする訳にはいかない、退散するとしよう」

殿下はエマ様を馬車まで送ると言い、彼女を連れてあっという間に立ち去ってしまった。後日改めてお話をしたいと思いつつ、わたしは目の前のアーサー様を見上げた。

目と目が合うだけで嬉しそうに微笑む彼に、どうしようもないくらいに胸が高鳴ってしまう。

「アリス、この後時間は？」

「沢山あります」

「それは良かった。少し出掛けようか」

「はい、喜んで」

二日連続でアーサー様に会えたことで、わたしは心の底から浮かれ切っていて。

……少し離れた場所にいたマルヴィナ様、そしてホールデン様がどんな表情をしていたかなんて、知る由もなかった。

◇◇◇

「アーサー様は、わたしが鈍感すぎて腹が立ったりはしていませんか？」

町中のカフェへ向かう馬車に揺られながら、わたしは思い切って直接、隣に座るアーサー様にそう訊ねてみた。

突然のそんな質問に、彼は一瞬きょとんとした表情を浮かべたけれど、やがて柔らかく微笑んだ。

「そんなことはないよ。急にどうしたの？」

「ええと、少しだけ気になったんです」

そんなアーサー様の言葉に内心ほっとしていると、彼はやがて困ったように眉尻を下げ、わたしの手を握った。

「もしもアリスが鋭かったなら、俺はとうの昔に嫌われていたかもしれない。だからどうか、君はそのままでいて」

「……………？」

鋭かったなら、嫌いになる。一体、どういうことなのだろう。やはり鈍感なわたしは、いくら考えてもアーサー様のその言葉の意味がわからないままだった。

タイムリミット

「ああ、そうだ。思ったよりも早く事が進んでいてね、留学も残り三ヶ月くらいになりそうだよ」

「そう、なんですか……？」

カフェでお喋りを楽しんでいると、アーサー様は突然そう切り出した。

ティナヴィア王国に来て、もうすぐ二ヶ月が経つ。いつまでもこの国にいる訳にはいかないと分かっていたはずなのに、いざ残り三ヶ月と聞くと寂しい気持ちになってしまう。

そんなわたしを見て、アーサー様は少しだけ表情を暗くした。

「もしかして、帰りたくなくなった？」

「いいえ、けれど寂しいとは思います」

「……誰に、会えなくなるのが寂しいのかな」

そんな予想外の問いに、再びわたしの口からは「えっ？」という間の抜けた声が漏れてしまう。

けれどアーサー様は戸惑っているわたしを他所にじっとこちらを見ていて、先の問いに対する答えを待っているようだった。

「ええと、エマ様とハリエット様、リリアン様やロバーツ家の方々に会えなくなるのが寂しいです」

「他には？」

「ほ、他ですか？　ええと、特には……」

実はあまり友人が出来ていないんです、と照れながらも伝えれば、アーサー様は何故か満足げに微笑んだ。

「二人でまた、旅行に来ようか。アリスの友人達は、結婚式にも招待すればいい」

「本当ですか……？　とても楽しみです」

先日まではこの留学が一番の楽しみだったけれど、この先にもまだまだ楽しみがあるかと思うと、思わず口元が緩んでしまう。アーサー様のお蔭で、わたしは本当に幸せだ。

「アーサー様も、寂しいですか？」

「いや、全然」

そしてつい、そんなことを訊ねてみたけれど、すぐに笑顔で否定されてしまった。アーサー様はわたしとは違い、あまりにも忙しいせいで寂しく思う暇もないのかもしれない。

「俺は、アリスがいれば何処だっていいよ」

「本当ですか？」

「もちろん。一生君と二人きりでもいいくらいだ」

「ふふ、大袈裟です」

そんな言葉に対して、わたしはいつものようにそう言ったけれど。

「俺は、いつだって本気なんだけどな」

アーサー様はやっぱり、困ったように笑っていた。

◇◇◇

「コールマン様、おはようございます」

「お、おはようございます……？」

翌日、エマ様と共に登校すると、いつもとは違い沢山の人々に挨拶をされた。

初日からマルヴィナ様と揉めてしまったせいで、この二ヶ月弱、わたしは誰からも挨拶すらされていなかったのだ。急な変化に、わたしは戸惑いを隠せずにいた。

間違いなく全て、昨日のアーサー様と殿下のお蔭だろう。あれ程の方々と親しいとなれば、マルヴィナ様も恐れるに足らないと判断したのかもしれない。その貴族らしい変わり身の早さに、感動すらしてしまう。

けれどわたしだけでなくエマ様に対しても、皆少しずつ話しかけ始めていて、内心安堵していた。

残り三ヶ月の間に、少しでも彼女が過ごしやすい環境を作りたい。そう思ったわたしは、エマ様と共にクラスメートたちの輪に加わったのだった。


そして今日もエマ様を待つ間、図書室で楽譜を借り、空き教室へと向かう。

前回の閉じ込められ事件から周囲に気をつけてはいたものの、アーサー様のことを思い出しては浮かれてしまい、お気に入りの曲を口ずさみながら歩く。

「～～～♪」

「……あまり歌は上手くないんだな」

すると突然聞こえてきたそんな声に、わたしは慌てて口元を片手で覆った。

恐る恐る振り返った先に居たのはホールデン様で、彼はわたしを見て小さく笑っていた。あんな下手な歌を聞かれてしまっていたのが、ひどく恥ずかしい。

どうやら彼もあの空き教室へと向かう途中らしい。先日の素っ気ないものとは違い、彼はいつも通りの態度に戻っているようだった。

「この国にはもう慣れたか？」

「はい、お蔭様で」

「そうか」

行き先はほぼ同じだからこそ、自然と二人で静かな廊下を歩いていく形になる。

最初は彼の前に立つだけで緊張し冷や汗をかいていたというのに、今ではこうして自然に会話が出来ているのだから、不思議なものだ。

「留学期間も残り三ヶ月程ですが、本当にティナヴィアに来てよかったと思っています」

「……は」

何気なくそう言った瞬間、ホールデン様はぴたりと歩みを止めて。つられてわたしも立ち止まる。

「隣国に、ウェルベザ王国に帰るのか」

「その予定です」

「アーサー・グリンデルバルドと一緒に、か」

「はい」

するとホールデン様は突然、楽譜を持っていない方のわたしの手首をぎゅっと掴んだ。

一体どうしたんだろうと彼を見上げてみたけれど、俯いていてその表情はよく見えない。

「……市場、まだ回りきっていないんだろう」

「ホールデン、様？」

「まだ見るべき場所は沢山あるし、ハリエットだってお前が帰れば悲しむ。それに……」

——どうして、彼はこんなにも焦っているのだろう。これではまるで、引き止められているみたいだと思ってしまう。

やがて、彼は俯いていた顔を上げた。そして不安げに揺れる、金色の瞳と視線が絡む。

掴まれている手首に込められる力が、強くなっていく。

「だから、まだ帰るな」

そう言った彼は何故か、ひどく傷ついたような顔をしていた。

守りたいもの

「……好き勝手させ過ぎたな」

アリスに関する報告書を投げるようにしてテーブルに置くと、俺はそう呟いた。

殿下は「おお怖い」なんて言い、今しがた置かれたばかりの紙の束を手に取っている。

婚約者がいると言っているにも拘わらず、アリスの優しさや鈍感さにつけ入り、余計な事を言い、あまつさえ彼女に触れたヴィンス・ホールデンに苛立ちが募っていく。

このまま、好き勝手をさせておく訳にはいかない。

「よくやるよ、本当に」

そんな俺を他所に、向かいのソファに座っている殿下は、報告書をめくりながら苦笑していた。

「アリスも俺なんかに捕まって、可哀想だと思いますよ」

「そうか？　彼女もとても幸せそうじゃないか」

「そうだと良いんですが」

目の前に置かれているカップに口をつければ、ほんのりとした甘さが口の中に広がる。アリスが好きそうだと思い、後でこの茶葉を買っておくことを決めた。

「私は、お前だけは敵に回したくないな」

「彼女に危害さえ加えなければ、俺は一生殿下の味方ですよ」

「肝に銘じておくよ」

勿論、彼がそんなことをしないのは分かっている。婚約者であるアリスにまで良くしてくれている殿下には、いつも感謝していた。

「それにしても、アリス嬢の鈍感さは異常だな。『まだ帰るな』に対しての言葉が、『お気遣い、ありがとうございます。ホールデン様はお優しいんですね』とは……相手の男が哀れになるよ。これは本気で言っているのか？」

「もちろん彼女は本気ですよ。可愛いでしょう」

「可愛いと言うより、危ういな」

「その為に俺がいるんですよ」

そう言い切れば、殿下は「成る程」と言って笑った。

アリスは何に対してもひどく鈍感で、警戒心や危機感といったものが人一倍足りない。

だからこそ俺が、しっかりと彼女を見ていなければならない。他の誰でもない、俺がアリスを守らなければ。もう二度と、彼女を失うかもしれないという恐怖など、味わいたくはない。

そして何より、アリスの自己評価の低さは病的だった。だからこそ、はっきりと言葉にされなければ、自分が好かれているなどとは夢にも思わないのだろう。

彼女のそんなところも愛しくはあるけれど、そうなってしまった原因が他の男かもしれないと思うと、やはり不愉快になってしまう。

「公爵令息を二人も夢中にさせるとは、アリス嬢も流石だな。まあ、気持ちは分からなくもない。なんというか庇護欲を掻き立てるよな、彼女は」

「………」

「おい、一般論だ、怒るな。お前とアリス嬢の為に予定を早めているせいで、私がどれだけ忙しい日々を送っていると思っているんだ」

「勿論、殿下には感謝していますよ」

そう言うと、殿下はソファにぼふりと身体を預けた。その顔には、若干の疲れが浮かんでいる。少しでも早く自国へと帰るため、殿下にも予定を詰めてもらっているのだ。

アリスを守るにも何をするにも、他国では勝手が悪すぎる。今の俺は侯爵家の無能な令嬢一人に対してすら、手を焼いているのだから。

いくら急いだところで、留学期間は残り三ヶ月近くある。アリスがあの男と、あと三ヶ月間も同じ学び舎で過ごすと思うと、吐き気すらした。

今すぐアカデミーを辞めてほしいと頼めば、彼女はきっと頷いてくれるだろう。

それでも、好きに過ごしていいから一緒に来てくれと言ったのもまた、俺なのだ。今更、そんなことを言えるはずがなかった。

「だが、どうしてアリス嬢には何も言わないんだ?」

「常に監視を付けていると言えと？」

「他に言い方はあるだろう。それにお前なら、もっとうまくやれると思うんだがな」

――殿下の言う通り、アリスが心配だから護衛を付けたいだとか、いくらでも言い様はあった。

けれどそうしないのは、俺の自分勝手な感情のせいだ。

何度も困ったことがあれば頼ってほしいと言っても、彼女は俺に対して何も言ってはくれない。アカデミーで嫌がらせを受けていても、お世辞にも上手いとは言えない作り笑いで、いつも誤魔化してばかりで。俺に心配をかけたくない、迷惑をかけたくないと思ってくれているのは分かっていても、もどかしい気持ちになってしまう。

もっと俺を頼って、求めて、縋ってほしい。彼女がたった一言、「助けてほしい」と言ってくれたなら、俺はきっとどんなことでも出来てしまうだろう。

彼女から好かれている自信はあるけれど、それだけではもう足りないと思ってしまっていた。

自分が彼女に向けているものと同等の愛情など、返ってくるはずがないのに。

「お前にも不器用な部分があるんだな」

「そんな可愛らしいものではないですよ」

殿下は苦笑すると、報告書へ視線を落とした。

「あの侯爵令嬢にも、見張りを付けているのか」

「はい」

アリスを傷つけ、泣かせたのだ。相応の罰を受けてもらわなければならない。

けれどあの女よりも家格が下のアリスに対して嫌がらせをした程度では、何の処罰も受けさせることは出来ないだろう。

そろそろ小さな嫌がらせでは満足出来ず、何か大きな事をしでかしてくるに違いない。それを防ぎつつ証拠を掴むつもりだと説明すれば、殿下は再び「本当によくやるよ」と笑った。

「アリスを幸せにできるのは、俺しかいませんから」

きっとその言葉は彼へと向けたものではなく、自分自身に言い聞かせる為のものだった。

体育祭

「体育祭？　そんなものがあるの？」

「はい、そうなんです……」

今日はアカデミーの休みと、アーサー様の予定が合い、二人で王城内のテラスにてお茶をしていたのだけれど。せっかくアーサー様と一緒だというのに、わたしの気持ちは暗いままだった。

昨日の授業終わり、二週間後に体育祭が行われるということを知ったのだ。基本、一人一種目は必ず出場しなければならないらしく、わたしは内心頭を抱えた。

種目は色々あったものの、身体を動かすことが得意ではないわたしに、できるものなど限られていて。結局、アーチェリーに出場することになってしまった。

ちなみにエマ様は幼い頃から馬術が得意らしく、なんと障害馬術に出るという。馬に乗ったまま障害物を飛び越えるなんて、想像もつかない。乗馬自体苦手なわたしは、ひたすら尊敬してしまう。

「アリスは、アーチェリーの経験は？」

「本当に、片手で数えられる程度です。なんとか矢を放てるくらいで……」

学生時代、リリーに誘われて数回嗜んだことがあるくらいで、もちろん競技に出場するほどのレベルではない。その上、クラス毎に結果を競うらしく、余計に気が重くなった。

「良ければ、俺が教えようか？」

「えっ？」

「得意な方だと思うよ。退院後、身体を動かす練習としてよくアーチェリーはやっていたんだ。それに確か王城内に練習場もあるはずだし、時間を見つけて一緒に練習しよう」

「いいんですか……？」

「もちろん。俺も少し身体を動かすのは、息抜きになるしね」

アーサー様に教えていただけるなんて、これ以上に嬉しいことはない。お忙しい中、申し訳ない気持ちはあったけれど、息抜きにもなると言ってくれたのだ。お言葉に甘えさせてもらうことにした。

「二週間後だよね？　二回くらいはなんとか時間を作るから、頑張ろうか」

「はい！　本当にありがとうございます」

正直、不安に押し潰されそうになっていたけれど、アーサー様のお蔭で大分気が軽くなった。

「それにしても、体育祭なんてあるんだね。楽しそうで羨ましいな」

「はい。剣術大会なんかも同時に行われるそうなんです。アーサー様がもしもアカデミーにいらっしゃったら、そちらの方に参加していたかもしれませんね」

「本当に大規模なんだね」

わたし達が学園の二年生の頃、剣術大会があった。そして確か彼は、三位に入賞していた。

当時は会話もしたことがなかったから、遠目でその姿を見ては「こんなにも完璧な人がいるんだな」と、違う世界の人を見るような気持ちでいた記憶がある。

「アーサー様って、苦手なことはあるんですか？」

「もちろん、俺にだって色々あるよ。格好悪いところを見せたくないから、あまりアリスには言いたくないけれど」

「ふふ、想像もつきません」

「本当に？　嫌いな野菜だってアリスの前では、何よりも美味しそうに食べるようにしている甲斐があったよ」

「アーサー様が、ですか？」

「うん。アリスの前では俺、頑張って格好つけているから」

「か、可愛いです……！」

そんな一面があったなんて、知らなかった。嫌いな野菜がある、というだけでも可愛いと思えてしまうのに、わたしの前では格好つけていることを知り、胸がきゅんと締め付けられる。

「そう思ってくれるのなら、良かった。練習、頑張ろうか」

「はい！」

そして来週の初めに、早速一度練習をすることになったのだった。

◇◇◇

「アリス、弓を引くことに気を取られすぎてるよ。的を狙うことを忘れないで」

「はい、っ」

「矢を放った後も、最後まで視線を逸らさないようにね」

「わかりました」

そして、それから一週間後。わたしはアーサー様と共に王城内の一角で、アーチェリーの練習をしていた。アーサー様は基本すら出来ていないわたしに、丁寧に優しく教えてくれている。

彼のお蔭で、一時間程の練習でだいぶまともに的に当たるようになってきていた。

「少し休憩しようか」

「はい」

するとすぐにメイドが飲み物を用意してくれて、わたし達は近くのベンチに腰掛けた。

「アリスはそういう服装も似合うね。とても可愛い」

「ありがとうございます」

「うん。アリスが髪を上げているの、とても好きなんだ。もちろん、どんな髪型でも好きだけど」

そんなことを言われてしまっては、これから毎日アップヘアにしてしまいそうだ。ちなみに今日は動きやすい、シンプルな装いにしている。

いつも可愛いと言ってくれる彼のためにも、少しでも可愛くなりたい、好みに近づきたいと思ってしまう。そして何より、わたしにお洒落をする楽しさを教えてくれたのもまた、彼だった。

「もう少しだけ休んだら、あと三十分だけ頑張ろうか」

「はい、よろしくお願いします」

そうしてわたしは再び、練習に励んだのだった。


アーサー様と練習した日の翌日、わたしはエマ様と学食にて今日もお喋りに花を咲かせていた。

「グリンデルバルド様との練習はどうでしたか？」

「アーサー様の教え方はとてもわかりやすくて、少しは上達できたかなと思います。それでも、人並み以下なんですが……」

「良かったです。実は私、体育祭のことをすっかり忘れていて……もっと早くにお伝えしていれば、練習もたくさんできたはずなのに……本当にすみません」

「そんな、謝らないでください」

ちなみにエマ様も先日、ロナルド様と共に乗馬の練習をしに出かけており、いい感じだったと報告してくれた。そしてお互いに、うまくいくといいねと話していた時だった。

「アリス」

不意に名前を呼ばれ、振り返った先にはホールデン様の姿があって。一枚の紙を手渡され、受け

取る。さっと目を通せば、そこには体育祭のアーチェリーに関する競技説明が書かれていた。

「出場者に配るよう、頼まれたんだ。読んでおくといい」

「はい、ありがとうございます。ホールデン様も、アーチェリーに出場されるんですよね？」

「ああ。それと、剣術の方にも出る予定だ」

「二つもですか？　すごいです！　頑張ってくださいね」

「……ああ。暇だったら、見に来るといい」

それだけ言うと、ホールデン様はすぐに学食を出て行ってしまった。

「ホールデン様は、勉学だけでなく剣術なども得意なんですか？」

「得意、どころではありませんよ」

「本当にすごい方なんですね」

「はい。ちなみに剣術大会の決勝は一番最後に行われて、一番盛り上がるんですよ。そこで、ホールデン様の試合も見られるかと思います」

まるで、彼が決勝まで残るのはすでに決まっているかのような口ぶりだった。それほどに彼は強いのだろう。かなり盛り上がると聞き、少しだけ楽しみになった。

◇◇◇

体育祭当日。わたしはアーサー様が好きだと言ってくださった髪型にしてもらい、気合を入れた。

総合優勝したクラスには賞品などもあるらしく、皆気合が入っているようで余計に気が重くなる。

けれど、お忙しいアーサー様に二度も時間を割いていただいて練習したのだ。少しでもいい報告ができるよう、全力で頑張らなければ。

アカデミー内には広い運動場があり、エマ様と共に向かえば既に大勢の人で賑わっていた。体育祭は毎年、アカデミー外から見に来る人も多いらしい。ギャラリーの多さに、更に緊張してしまう。

学園時代、音楽祭でピアノを演奏した際にも大勢の観客の前に立ったけれど、あの時には自分なりに自信があったからこそ、堂々としていることが出来たのだ。今回は流石にそうはいかない。

「アリス様、頑張ってくださいね」

「はい、ありがとうございます……！」

「一番前で、応援していますから！」

エマ様にぎゅっと手を握られ、励まされる。わたしはこくりと頷くと、アーチェリー出場者が集まる場所へと向かった。そこにはホールデン様の姿もある。ふっと視線が絡むと、彼はわたしの顔を見るなり眉を顰めた。

「まさか、緊張しているのか」

「はい。本当に素人以下の腕前で、クラスの皆さんに迷惑をかけてしまうかと……」

「そんな下らないこと、気にする必要はない」

「き、気にしますよ」

個人競技ならまだしも、クラス対抗なのだ。気にしてしまうに決まっている。

けれど彼はやはり「大丈夫だ」と言う。何故そこまで言い切れるのかと、不思議に思っているわたしに、ホールデン様は言った。

「俺が、お前の分まで点を稼ぐと言っている」

そんな彼の言葉に、近くで会話を聞いていたらしい女子生徒達が小さく悲鳴を上げた。その顔は赤く、彼を見つめる瞳には熱が宿っている。

確かに今のは、ときめいてしまうような甘い台詞に聞こえてもおかしくはない。

けれど、ホールデン様がとても面倒見が良い優しい人だと言うことも、深い意味なんてもちろんないことも、わたしは知っている。

「ありがとうございます。少しだけ肩の力が抜けた気がします。わたし、頑張りますね！」

「…………ああ」

そんな彼のためにも、足を引っ張らないようにしなければと、わたしは掌をきつく握りしめた。


そして、いよいよわたしの番が来た。アーサー様に教えていただいたことを意識してみた結果、練習よりは上手くいったけれど。それでも、出場者の中では、真ん中よりもずっと下の方だった。

申し訳なさに包まれながら、次の射手であるホールデン様へと視線を向ける。彼が出て行くと、会場が騒がしくなった。やはり彼は、かなりの人気があるらしい。

女子生徒達は皆、乙女のようなうっとりとした表情を浮かべ、彼をまっすぐに見つめている。

「……すごい」

結果、彼の放った矢は全て的の中心部に突き刺さった。わあっと会場が沸き、わたしも気が付けば大きな拍手をしてしまっていた。間違いなく、彼が一番だろう。

やがてホールデン様は待機場所へと戻ってくると、当たり前のようにわたしの隣へと腰掛けた。

「これで、大丈夫なはずだ」

「はい。本当に凄かったです……！　昔からやっていらしたんですか？」

「まあな」

「自身の結果にへこんでいたんですが、ホールデン様のお蔭で本当にほっとしました。ありがとうございます」

「そうか。それなら、良かった」

それだけ言うと、彼は形の良い唇を閉じた。長い足を組み、まっすぐに残りの出場者達を見つめている彼の口角はほんの少しだけ上がっていて、つられてわたしも笑顔になる。

それ以降も彼の記録を抜く人は現れず、他のクラスメート達も良い結果を残してくれたお蔭で、アーチェリーはわたし達のクラスが現時点では一位となった。

上位三クラスは、午後に決勝が行われることになっている。もちろん、わたしも出なければならない。少しでも足を引っ張らないようにと思ったわたしは、昼食を終えたあと時間があれば、少し練習しようと決めたのだった。

◇◇◇

「エマ様、本当に本当に素敵でした……！」

「ありがとうございます。無事終えられて良かったです」

午前中最後の競技は、エマ様も出場する障害馬術だった。

わたしも彼女を応援するため、最前列でその様子を見ていたのだけれど。颯爽と馬を乗りこなし、駆けていくその姿は本当に素敵で、わたしは胸のときめきを覚えてしまっていた。

普段はふわふわとした可愛らしい雰囲気の彼女に、こんなにもかっこいい特技があったなんて。

そのギャップに、わたしだけではなく近くにいた生徒達も皆驚いているようだった。エマ様は昨年までは、別競技に出ていたらしい。

「どうして今まで、障害馬術に出場されていなかったんですか？」

「去年までは障害馬術はとても人気で、なかなか出場出来なかったんです。けれど去年、女子生徒が落馬してしまってからは、人気がなくなってしまったようで」

「そうだったんですね……」

わたしも乗馬は、何度かしたことがある。けれど全てグレイ様と一緒だったせいで、いい思い出はない。グレイ様と共に馬に乗り、大した会話もせずにただ馬を走らせるだけ。一人で乗る練習もしてみたけれど、ふらふらとしてしまいすぐに止められてしまった記憶がある。

「そろそろお昼ですし、少し早めに学食へ行きませんか？　実は緊張して朝食をあまり食べられなかったせいで、お腹が空いていて」

「はい、もちろん。実はわたしもなんです」

二人で顔を見合わせて笑い、学食へと向かう。

早めに食べ終わったあとは少しアーチェリーの練習をしたいと話せば、エマ様も付き合うと言ってくれた。彼女はわたしよりもずっと経験があるらしく、とても心強い。一時期、ティナヴィアではアーチェリーが流行ったんだとか。誰もが安定した上手さであることにも、納得がいった。

エマ様と共に学食で昼食をとっていると「お隣、いいでしょうか」と言う声が降ってきて、顔を上げればそこには、ホールデン様がいつも一緒に過ごしているご友人二人の姿があった。

話に夢中になっていたことで気が付かなかったけれど、今日はアカデミーの生徒以外の人も多いせいか、学食内の席はほとんど埋まっていて。この辺りはもう、わたし達の隣くらいしか空いていなかった。すぐに「もちろんです。どうぞ」と返事をする。

「乗馬、お見事でしたね。驚きました」

「あ、ありがとうございます」

「午後もきっと、ロバーツ様が一番でしょう」

「そんな……けれど次も精一杯、頑張りたいと思います」

彼らがエマ様に話しかけたことを口切りに、三人の会話は弾んでいく。どうやらホールデン様は剣術大会の方が長引いていて、別行動をしているようだった。

「もう食べ終わってしまったので、練習に行ってきますね」

「アリス様、私も付いていきます」

「いえ、本当に触る程度ですから。ゆっくりなさっていてください」

ホールデン様の親しいご友人ならば、素敵な方に違いない。未だ盛り上がっている三人の会話の邪魔をしたくなかったわたしは、一人先に学食を後にしたのだった。

◇◇◇

先生に許可を取りに行ったところ、競技開始前の三十分前までは自由に練習して良いとのことだった。割と練習時間がありそうで、ほっとする。先程の競技中、最後に良い感覚を掴めた気がするのだ。その感覚を忘れずにいようと、早足で練習場へと向かっていた時だった。

「あら、そんなに急いでどこへ行くのかしら」

「…………」

そう声を掛けてきたのは、マルヴィナ様の取り巻きの一人である令嬢だった。確か、レミントン伯爵令嬢という名だった気がする。ちなみにマルヴィナ様は、毎年この日は欠席しているらしく姿はない。その後ろには、見覚えのある女子生徒がもう一人立ち、わたしを睨みつけていた。

「先程の競技でも足を引っ張ってばかりで、本当に邪魔な女ね」

「……すみません」

これればかりは、否定できない。少しへこんでしまいながらも、急いでいるので失礼します、と横を通り抜けようとすると不意に、きつく手首を掴まれた。

「痛いです、やめてください」

「貴女、生意気なのよ。この事だって、あの婚約者に泣き付くつもり？」

どうやら彼女は、アーサー様のことを知っているようだった。

「わたしは、そんな」

「その上、ホールデン様にも媚びを売って良いご身分ね」

媚びなんて、売っているつもりはない。それにわたしが彼女達に、一体何をしたというのだろう。

そう思い掴まれた腕を無理やり振り払えば、彼女の顔には更に苛立ちが濃くなっていく。

「……どうして、貴女は近づけるのよ」

「えっ？」

「ずっと、誰も寄せ付けなかったのに」

苦しげな、切なげな声で彼女はそう呟いて。やがて、わたしをきっと睨みつけた。

「っ私は、話をしたことすらなかったのに……！」

そしてようやく、気が付いた。彼女が、ホールデン様を慕っていることに。けれど彼を狙っているマルヴィナ様の手前、隠していたのだろう。

ホールデン様への気持ちを抑えつけていた中で、突然現れたわたしが彼と関わりを持っていることが、目障りで仕方ないのだ。

「貴女なんて、居なければ良かった！　そうしたら、私はこんな……」

泣きそうに顔を歪めた彼女の右手が、思い切り振り上げられる。

頬を叩かれる、と反射的にきつく目を閉じたときだった。

「いい加減にしろ」

凛とした声が、廊下に響いた。その声には、聞き覚えがあって。

そして来るはずの痛みも、いつまでも来ない。やがて恐る恐る目を開ければ、わたしのすぐ目の前にはなんと、ホールデン様その人の姿があった。

その右手は彼女の手をしっかりと掴んでいて、彼が助けてくれたのだとすぐに理解する。

「大丈夫か？」

「は、はい」

「間に合って良かった」

ひどくほっとしたような表情を浮かべる彼に、戸惑ってしまう。わたしが知りうる限り、彼はこんな顔をする人ではなかったはずだ。

一方で、ホールデン様に手首を掴まれたままの彼女は、この世の終わりのような顔をしていた。

「っわ、私……」

「彼女がお前に、何をしたんだ？」

「……それは……」

まっすぐに彼に睨まれた彼女は、きつく唇を噛み締めた。その後ろにいる令嬢もまた、顔を青くして俯いている。つい先程まで叩かれそうになっていたと言うのに、可哀想に思えてしまうくらい気まずい状況だった。

「理由もなく、こんなことをするのか？　まさかマルヴィナに……」

「違います！　私が、勝手に……」

マルヴィナ様の名前が出た途端、彼女は慌ててそう言った。どうやら、彼と話をしたことがないという部分などは、聞こえていなかったらしい。

そして彼女は瞳に大粒の涙を溜めたまま、意を決したように口を開いて。

「……好き、なんです」

「は？」

「ホールデン様のことを、お慕いしています」

今にも消えてしまいそうな小さく震える声で、そう告げた。

ホールデン様の方は、まさかこの状況で告白をされるなんて思ってもいなかったのだろう。当たり前の反応だとも思う。彼は驚いたように、太陽のような黄金の瞳を見開いている。

それからしばらく、重苦しい沈黙が続いた。レミントン様は今にも倒れてしまいそうなくらいに、顔色が悪い。わたしもどうして良いかわからず、立ち尽くすことしかできなかった。

そんな中、先に口を開いたのはホールデン様で。

「すまない」

「……えっ？」

「お前の気持ちには、応えられない」

彼の口から「すまない」という謝罪の言葉が出てきたことに対し、この場にいた彼以外の人は皆驚きを隠せずにいた。

そしてホールデン様は、誰よりも戸惑っているレミントン様に対し、続けた。

「それに、彼女に対して手をあげようとしたことは許せそうにない」

「っすみま、せん……」

「俺が一方的に関わろうとしているだけだ。彼女は悪くない」

やがて、彼女の瞳からはぽろぽろと涙が溢れていく。真っ赤な口紅が塗られたその唇からは、何度も謝罪の言葉が繰り返されていた。そんな姿を見ていると、やはり胸が痛んだ。

ホールデン様の「一方的に関わろうとしているだけ」という言葉が、少しだけ引っかかったけれど。きっと、わたしを庇ってくれたのだろう。

「次はない」

それだけ言うと、ホールデン様は「行くぞ」とわたしに声を掛け、歩き出した。この状況で彼に付いていくのは気まずかったけれど、このままこの場にいるわけにもいかない。

わたしは慌てて、彼の背中を追いかけたのだった。

◇◇◇

「あの、助けてくださってありがとうございました」

「……こちらも、すまなかった。俺のせいだろう」

「そんな、ホールデン様のせいではありません」

しばらく彼の後をついて歩き、レミントン様達の姿が見えなくなった後、不意にホールデン様は足を止めた。つられてわたしも足を止め、彼が振り返ったことで向かい合う形になる。

彼が悪いわけではないし、むしろ助けていただいて感謝しているくらいだ。あのまま叩かれ、怪我でもしてしまえばまた、アーサー様やエマ様に心配をかけてしまっただろう。

廊下から空き教室の中の時計を見れば、結構な時間が経っていた。彼にもう一度だけ礼を言った後、急いで練習場へと向かうことを決める。

そうして目の前のホールデン様へと視線を戻せば、何故かその瞳には不安の色が浮かんでいて。わたしは思わず、開きかけた口を噤んだ。

「先程のようなことが二度と起こらないよう、これからは気をつけるようにする」

「はい、ありがとうございます。わたしも、気をつけます」

どうやら彼は、先ほどのことに対してかなりの責任を感じているらしい。だからこそ、本当に気にしないでほしいと笑顔で言おうとした時だった。

「だから、俺のことを避けたりはしないでほしい」

突然、縋るような視線を向けられたわたしは息を呑んだ。どうしてそんな切なそうな顔で、声で、そんなことを言うのだろう。

「さ、避けるつもりなんてありません」

「本当に？」

「はい、本当です」

「……良かった」

すると彼がひどくほっとしたような表情を浮かべるものだから、余計に戸惑ってしまう。

「お前と関われなくなるのは、何よりも辛い」

眉尻を下げ、困ったように笑う彼を見ていると、だんだんと心臓が嫌な速さで早鐘を打っていく。なんだか、今日の彼は変だ。

——だってこんなの、まるで彼がわたしのことを好いているみたいではないか。

そんな有り得ない仮説が浮かび、すぐに自身の中で否定する。そうして必死に返す言葉を探していると、やがて「アリス様！」と言うエマ様の明るい声が廊下に響いた。

振り返ればそこには、彼女だけではなくホールデン様のご友人二人の姿もある。

「練習場にいらっしゃらなかったので、探していたんです。その、ホールデン様とご一緒だったんですね」

「はい、色々ありまして……」

わざわざ探してくださっていたなんて、と申し訳なくなってしまう。するとわたし達の会話を聞いていたらしいホールデン様に「練習場？」と訊ねられた。

「やはり不安なので、時間の許す限りアーチェリーの練習をしようかと」

「それなら、急いだ方がいい。もうあまり時間はないだろう」

「はい」

それでは失礼しますと言おうとしたところ、何故か彼もまた練習場の方向へと向かって歩き出した。わたしも早足で歩き出し、その後を付いていく形になる。そんなわたしの後ろに、エマ様やご友人方が続く。

たまたま同じ方向に向かって歩いているだけだと思っていたけれど、あっという間に全員で練習場にたどり着いてしまった。

「あの、ホールデン様も練習を？」

「俺は今更、練習などいらない」

「で、ですよね」

先程の彼の腕前を見る限り、どう考えても練習などいらない。だからこそ何故彼は今、此処へ来たのだろうと首を傾げていたわたしに、彼は言ったのだ。

「俺が見てやるから、早くしろ」と。

◇◇◇

結局、何故かホールデン様だけではなくエマ様、そして彼のご友人達も含め四人が、わたしの指導にあたってくれることになってしまった。ここまで足を運んでくれた彼らの好意を無駄にするわけにもいかない上に、他クラスとの得点も僅差だと知ってしまったのだ。少しでも足を引っ張りたくないと思い、わたしはよろしくお願いしますと皆に頭を下げた。

「視点が低い」

「はい」

「姿勢を崩すな」

「わかりました」

とは言え、ほとんどのアドバイスをしてくださるのは、わたしの後ろに立つホールデン様だった。

彼がこまめに的確な指示をしてくれるお蔭で、先程よりも調子が良くなっていくのを感じる。

そして何度も繰り返しているうちに、ついに真ん中に矢が当たった。

「あ、当たりました！　やった！」

たったそれだけのことなのに、嬉しくて思わず笑顔が零れ、はしゃいでしまう。

「……………良かったな」

「はい、ありがとうございます！」

すると突然、彼はわたしに対してくるりと背を向けてしまった。どうしたのかと気にはなったものの、わたしはとにかく今の感覚を忘れないようにと、すぐに再び弓を構えたのだった。


そして練習を終え、いよいよアーチェリー決勝の時間となった。他クラスもここまで勝ち上がってきただけあって、出場者は皆かなりの腕前だった。わたしだけ、場違いのような気がしてしまう。

やがてわたしの番が回って来た。とにかく落ち着いて、ミスだけはしないようにと小さく深呼吸をする。やはり緊張してしまっているのが顔に出ていたのだろう。そんなわたしに、隣に座っていたホールデン様は「大丈夫だ」と声をかけてくれた。

そんな彼の一言で、ふっと心が軽くなる。

「ありがとうございます。頑張ります！」

「ああ」

……結果、運が良かったこともあり、わたしはなんとか全体の真ん中くらいの成績で終わることが出来た。決して手放しで喜べる結果ではないものの、健闘した方だとは思う。

ホールデン様は今回も個人では一位だったけれど、最終的にはクラス全体は二位という結果で終わってしまったのだった。

知らない方が、きっと

「そんなに気を落とさないでください。大丈夫ですよ」

「はい……」

「アリス様のせいではありませんから」

数時間後、障害馬術の決勝を終えたエマ様と共に、わたしは剣術大会の観客席に座っていた。

アーチェリーの二位という結果に、多少の罪悪感を感じてしまう。わたしがもう少し点を取れていれば、と思ってしまうのだ。今更どうしようもないことも、わかっているけれど。

ちなみにエマ様は決勝では個人二位で、クラス順位も一位だった。馬を乗りこなす彼女の姿は本当に格好良く、憧れてしまう。今度、乗馬を教えてもらう約束までしてしまった。

その活躍を見たクラスメート達からもたくさん声を掛けられており、エマ様は照れながらもとても嬉しそうだった。

「剣術大会で、三位以上に一人、それと一位を取れば優勝ができるみたいです」

「三位以上と、一位……」

わたし達のクラスで決勝まで勝ち残っているのは、ホールデン様含め三人だ。かなり難しい条件な気がするけれど、エマ様含めクラスメート達には優勝できるという自信があるようだった。

「あちらのリックマン様は王国騎士団長のご子息で、とてもお強いんですよ」

「そうなんですね」

「はい。それに、ホールデン様は去年の優勝者ですから」

「えっ」

得意とは聞いていたものの、まさかそこまでの実力だなんて。本当に、彼はどこまでも完璧な人らしい。そんな彼に好かれているだなんて、一瞬でも考えてしまった自分が恥ずかしい。

「先程こっそりと聞いたんですが、今年はなんと優勝クラスの為にパーティーが開かれるそうですよ」

「パーティー、ですか？」

「はい。素敵ですよね」

まさか体育祭の賞品がパーティーだなんて、と驚いてしまう。けれど、ティナヴィア王国の人々は、かなりの催し物好きなのだ。エマ様も元々、あのトラブルが起きる前には毎週のように社交の場に出ていたと言っていた。

常にあちらこちらで大規模な集まりが開催されていることで、殿下に付き添うアーサー様のお忙しさにも拍車がかかっているのだろう。

「とにかく、応援しましょう」

「はい！」

クラスメートと打ち解け始めたこともあってか、エマ様もパーティーに参加することに乗り気のようで、嬉しくなる。

そしてそんな彼女と共に、わたしは応援に徹することにした。

◇◇◇

「すごい……！」

早めに席を取ったお蔭で最前列から観戦していたけれど、間近で見るその迫力にわたしはつい興奮してしまっていた。最終的なクラス順位も剣術大会の結果で決まるせいか、会場はかなりの盛り上がりを見せている。

そんな中で、ハリエット様とリリアン様と合流した。公爵令嬢である彼女達は、幼い頃から色々と嗜んでいるらしく、体育祭の競技はどれもお手の物だという。事前に言ってくれれば毎日でも練習に付き合ったのに、とハリエット様は残念がっていた。

「それにしても、我が兄ながら素敵ですわね」

「はい、とても」

また一勝を上げたホールデン様を見つめながら、ハリエット様は溜め息を吐いた。いよいよ次が決勝だ。次の三位決定戦で、クラスメートであるリックマン様が勝てば、優勝は見えてくる。

「どうして、あんなにもお強いんですか？」

「お兄様は昔から、血の滲むような努力をされていましたから。そんな姿を見て、子供ながらに死んでしまうのではないかと、不安になったこともあります」

「どうして、そこまで……」

そう、呟いた時だった。

「兄や他の夫人達に、舐められたくなかったんだ。それに、父にも認められたかった」

いつの間にか、タオルで汗を拭うホールデン様がすぐ目の前まで来ていた。

突然のことに驚きつつも、その言葉に胸が締め付けられた。きっと、お母様のためでもあったのだろう。本人のいないところで話をしていたことを謝れば「気にしていない」と言ってくれた。

「あらお兄様、お疲れ様です。ぜひ優勝して、アリス様にティナヴィアでの初めてのパーティーに参加させてあげてくださいな」

「……パーティー？」

「ええ。相変わらず噂に疎いんですのね。今年の優勝賞品はそれなんですって。卒業パーティー用の会場を貸し切ってやるんだとか」

するとホールデン様は、視線をハリエット様からわたしへと向けた。

「参加したいのか」

「えっ？　ええと、はい。できれば……」

「わかった」

そして彼は「必ず優勝する」とだけ言うと、背を向けた。

「ホールデン様、頑張ってくださいね」

その背中に向かってそう伝えれば、ああ、とだけ返事が返ってきて、あっという間にその姿は見えなくなった。

それと同時に、周りからはきゃあ、という黄色い声が上がる。

「わかった、必ず優勝する、ですって！　やるじゃない、お兄様」

「聞いているだけで、ドキドキしてしまいましたわ」

「まるで、ロマンス小説のワンシーンのようでした……！」

三人は口々にそう言うと、やがてわたしをじっと見つめた。

「アリス様、しっかり見ていてあげてくださいね」

「は、はい」

「……それにしても、ヴィンス様は本当に変わられましたね」

「ええ、全てアリス様のお蔭ですわ」

そしてハリエット様からは「ありがとうございます」とお礼まで言われてしまって。なんだか本当に、彼に特別視されているような気になってしまう。

——そして宣言通り彼は見事に優勝し、同時にクラス優勝も決定したのだった。

表彰式を終え、エマ様と共に迎えの馬車へと向かって歩いていく。今朝までは不安で憂鬱で仕方なかったけれど、こうして終わってみると優勝という結果のお蔭で、楽しかったと思えてしまうから不思議だ。決勝戦は手に汗握る、接戦だった。

今日はわたし達の為に夕食も豪華にしてくださっているらしく、とても楽しみだ。美味しい物をたくさん食べてゆっくりとお風呂に入り、早めに寝ようと話していると、校門のあたりでハリエットト様とホールデン様とすれ違った。

「今日はお疲れ様でした」

「ああ」

「ホールデン様のお蔭で、不安だった体育祭も楽しめました。本当にありがとうございます」

「ああ」

「……お兄様、もう少し気が利いたことを言えないんですか？」

ああ、という返事を繰り返す彼を、ハリエット様が肘で軽くつつく。

ホールデン様は少しだけ困ったような表情を浮かべていたけれど、やがてわたしをまっすぐに見つめた。夕焼けの色が金色の瞳に溶けて、熱を帯びているようにも見える。

「その髪型、似合っていると思う」

「えっ？」

予想もしていなかった言葉に、彼以外の全員が固まる。

そしてホールデン様はやはり、すぐに背を向けて歩き出してしまう。やがてハリエット様は、ぷっとおかしそうに吹き出した。「ふふ、すみません。それではまた」と笑顔のまま小さく礼をして、彼を追いかけて行く。

やっぱり、ホールデン様という人はよくわからない。けれど今日は、そんな彼に心から感謝したのだった。

◇◇◇

翌日、近くで用事があったというアーサー様がロバーツ家を訪れてくださり、わたしは早速体育祭の報告をしていた。

「エマ様、本当に凄かったんですよ。とても格好良くて、憧れちゃいました」

「そうなんだ。アリスは、乗馬の経験は？」

「少しだけです。あまり得意ではなくて……エマ様に今度教えていただく約束をしました」

「いいね。良かったら俺とも今度、遠乗りをしようか」

「はい、ぜひ！　嬉しいです」

アーサー様が馬に乗っている姿を想像するだけで、胸が高鳴ってしまう。きっと、絵本から飛び出してきた王子様のように素敵なのだろう。

「俺も、参加できたら良かったのに」

「アーサー様は、こういう行事がお好きなんですか？」

「ううん。アリスに、良い所を見せたいだけだよ」

そう言って微笑む彼に、心臓がさらに早鐘を打つ。これ以上好きになってしまっては困ると伝えれば「何も困らないよ」「むしろ、なってくれないと困る」なんて返されてしまった。

「アリスにずっと好きでいてもらう為に、頑張らないと」

「そんな、アーサー様は今のままで十分すぎます。わたしこそ、こんな……」

「アリスはそれくらいが可愛いよ。俺がなんでも教えるし、出来ることは代わりにするから大丈夫。そのままでいてほしいな」

……彼は今日も、わたしに甘すぎる。そう思いながら、わたしは幸せを噛み締めたのだった。

たったひとつの理由

寝る支度を済ませたわたしは今日もエマ様の部屋を訪れ、二人で眠たくなるまでお喋りをしていた。こんな時間もあと二ヶ月と少しで無くなってしまうと思うと、ひどく寂しい。

ちなみにウェルベザ王国へと帰る話をすると、エマ様はすぐにぽろぽろと泣き出してしまうため、なるべくその話題は避けている。

「舞踏会、ですか？」

「はい。近々、王家主催の舞踏会が開かれるんです」

彼女はそう言って、王家の紋章入りの招待状を見せてくれた。

「国中の年頃の貴族令息令嬢が集まる、とても大規模なものなんですよ。私も勇気を出して参加しようと思っています。アリス様さえ良ければ、一緒に参加していただけませんか？」

「わたしも参加して大丈夫なんですか？」

「はい。私と一緒に行けば大丈夫です」

社交の場から足が遠のいていたエマ様が、こうして大規模な集まりに参加しようと思っていることは、何よりも嬉しい。せっかくの機会だしと、わたしも参加することにした。

「アリス様と一緒に行けるなんて、嬉しいです……！」

「わたしも、とても楽しみです」

ティナヴィア王国に来てから、ハリエット様のお茶会以外の社交の場に参加するのは初めてで。少しだけ緊張はしてしまうものの、楽しみでもあった。

どんなドレスを着て行こうかだとか、流行りの髪型なんかについて話しているうちに、あっという間に時間は過ぎていく。

——そうして胸を弾ませていたこの時のわたしは、舞踏会で大きな事件に巻き込まれてしまうなんて、知る由もなかった。

◇◇◇

「……うーん」

教科書とノートを見比べながら首を傾げていると、「何か、分からないところがありましたか？」と、隣に座っていたエマ様が顔を上げた。

わからない部分を説明すれば、この部分については確か図書室に資料があったはずだと、教えてくれた。

「ありがとうございます。後で図書室へ行ってみますね」

「けれど確か、分かりづらい場所にあったような……」

「俺も図書室に用事があるから、案内する」

そう言ったのは、わたしの向かいに座るホールデン様だった。ちなみに今は数人のグループに分かれ、それぞれの課題を研究するという授業の最中だ。

少し前、教師から三人から五人で自由にグループを作るよう言われた時には、冷や汗が止まらなかった。当時わたしとエマ様はまだクラスで浮いており、他のメンバーを見つけられる気がしなかったのだ。

次々とグループを作っていくクラスメート達を見つめながら、二人でどうしようと立ち尽くしていた時だった。

『まだ決まっていないのなら、俺達と組めばいい』

ホールデン様が、そう声をかけてくださったのだ。

アーサー様のことが頭を過り少し戸惑ってしまったものの、結局お言葉に甘えることにした。授業中、数人で課題をこなすだけなのだから。結果、彼のご友人二人と計五人でグループを組むことができ、わたしはほっと胸を撫で下ろした。

彼らだけでも規定人数を満たしていたにも拘わらず、わたし達に声をかけてくださったのは、孤立していたことを気遣ってくれたに違いない。やはり彼は優しい人なのだろう。

「すみません、よろしくお願いします」

そうお礼を言えば、ホールデン様は小さく微笑んだ。


そして、昼休み。エマ様と昼食を食べ終えたわたしは一人、図書室へと向かっていた。彼は先に行き、調べ物をしているらしい。

図書室の中へと入るといつも通り人気はなく、ホールデン様はどこだろうとぼんやり歩いていた時だった。

「っ危ない！」

そんな声と共に、突然思い切り腕を引かれて。

次の瞬間、わたしがいたはずの場所には大きな棚が倒れ、数えきれないくらいの本が床に散らばっていた。一体、どうして。

もしもあの下敷きになっていたらと思うと、全身の血が冷えわたっていくような恐怖に襲われる。彼に腕を引かれなければ、間違いなく無事ではなかっただろう。

「アリス、怪我はないか⁉」

「っは、はい」

「……良かった」

既《すん》の所で、ホールデン様がわたしを助けてくれたようだった。焦った様子の彼はわたしの無事を

確認すると、ひどく安堵したような表情を浮かべた。

助けていただいたお礼を言い、小さく深呼吸をして、改めて倒れている本棚へと視線を向ける。こんなにも頑丈で大きな棚が、自然に倒れることなどあるだろうか。そんなことを考えているうちに、ひとつの仮説が浮かび上がる。

――もしもこれが、故意だったとしたら。

そんなことを考えていると、くらりと立ちくらみがして、倒れかけたわたしをホールデン様はすぐに抱きとめてくれた。

「す、すみません」

「ああ」

けれどいつまで経っても、彼はわたしの体に腕を回したままだった。不思議に思い彼の名前を呼べば、解放されるどころか余計にきつく抱きしめられてしまう。

花のような柔らかい良い匂いに包まれ、耳に押し当てられている胸元からは、かなり早い心臓の音が聞こえてくる。

この姿を誰かに見られては、余計に状況が悪くなる。「もう大丈夫ですから、離していただけませんか」とはっきり伝えれば、彼ははっとしたようにわたしから両手を離した。

「……すまない」

そう呟いた彼は片手で顔を覆っていて、隙間から見えたその顔は林檎のように真っ赤だった。

やがて棚が倒れた音を聞きつけた人々が集まってきて、わたし達は事情を説明した後、その場を離れた。今はもう、資料どころではない。

図書室を出て近くにあったベンチに座ると、ホールデン様も少し離れた場所に、遠慮がちに腰を下ろした。未だにわたしの心臓は大きな音を立てて、早鐘を打っている。

「本当に、助けていただいてありがとうございました」

「ああ」

「…………」

「…………」

先程のことがあってか、わたしと彼の間にはなんとも言えない、気まずい空気が流れていた。

「あっ、で、でも緊急時だったせいか、女性に触れても大丈夫でしたよね！　この調子でいけば、少し、は……」

そんな雰囲気をなんとかしようと、明るい調子でそう言ってみたけれど。彼は困ったように眉尻を下げた後、薄く微笑んだ。

「……触れても大丈夫だったのは、お前だからだ」

「えっ？」

「アリスだから、平気なんだ」

そして彼は、まっすぐにわたしだけを見つめていた。

告白

「……わたし、だから」

予想もしていなかった言葉を受け、思わずぽつりと反復してしまう。

するとホールデン様はそんなわたしに対して、はっきり「ああ」と言った。

「婚約者がいるお前に、こんなことを言うのは間違っていると分かっている」

「ホールデン、様……？」

「それでも、後悔はしたくないんだ」

ひどく真剣な、けれど傷ついたような表情を浮かべてわたしを見つめる彼に、心臓が嫌な音を立て始める。

――この雰囲気にも、この視線にも、覚えがある。

今から彼が口にする言葉を、聞いてはいけない気がした。けれど慌てて口を開こうとした時には、もう遅くて。

まっすぐに、二つの金色がわたしを捉えていた。

その瞬間、わたしは何故か初めて彼に会った時のことを思い出していた。氷のように冷たかった瞳が、今では柔らかい、熱を帯びたものになっているのがとても不思議で。

「アリスのことが、好きだ」

そして気が付けば、そんな言葉が耳に届いていた。

……女性に触れられるだけであんなにも苦しんでいた彼が、わたしのことを好きだなんて信じられない。それでも、短期間の付き合いだけれど、彼がそんな嘘をつく人ではないということもわかっていた。先日の体育祭での彼の態度にも、頷ける。

何より僅かに赤い耳や少しだけ照れたような表情が、彼が本気だということを物語っていた。

「……ご、ごめんなさい、わたし……」

「分かっている。困らせてすまなかった」

なんと言えば良いのかわからず、押し黙ってしまったわたしに向かって、彼は小さく笑った。

「どうか少しの間でいいから、覚えていてほしい」

そんな彼の言葉に、頷くべきなのかもわからない。結局わたしは、俯くことしかできずにいた。

「そろそろ、教室に戻ろうか」

「……はい」

やがて歩き出した彼の後ろを歩きながら、わたしは心がずしりと重たくなっていくのを感じていたのだった。

◇◇◇

そして数時間後、わたしは王城へと向かう馬車に揺られていた。今日は前々から、アーサー様と会う約束をしていたのだ。

いつもなら彼に会えるというだけで浮かれていたけれど、今日はアーサー様に会うのが少しだけ、気まずい。他の男性に好きだと言われたことは、伝えるべきなのだろうか。

けれど思い返せば、彼が卒業前に告白されたという話もリリーから聞いただけで、本人の口からは聞いていなかった。こういう場合は、わざわざ言う必要はないのかもしれない。


「アリス、待っていたよ」

「こんにちは、アーサー様」

あれから何度か来たことで、迷わずに王城内を歩けるようになったわたしは、まっすぐに彼の部屋へとたどり着くことが出来た。

部屋の中へとすぐに通され、いつも通り大きく柔らかなソファへと座るよう勧められる。

「アリスが好きそうだと思って、頼んでおいたんだ」

既にお菓子は用意されていて、アーサー様が手ずからお茶を淹れてくれた。彼の言う通りわたしの好みの味で、その温かさと甘さに心が落ち着いていく。

「とても美味しいです」

「良かった。アリスが喜んでくれるのが、一番嬉しい」

そう言ってわたしを抱き寄せたアーサー様は、やがてすぐに顔を上げた。

その表情は、何故か暗い。

「……ねえ、これは何の香り？」

「えっ？」

「いつもと違う香りがする」

そう言われて初めて、はっとした。

以前ハリエット様が、ヴィンス様は彼女がプレゼントした香水を気に入っていて、いつも使っているのだと話していた記憶がある。

わたし自身、彼に抱きしめられた時に柔らかい良い香りを感じたのだ。もしかしたらその香りが、彼に抱きしめられた際に、ドレスに少し移っていたのかもしれない。

変に嘘をついたりごまかすのも良くない気がして、ありのままを話せば、アーサー様から返ってきた言葉は「そうなんだ」という一言だけで。

彼はそのまま立ち上がると、メイドを呼んだ。

「彼女の着替えを用意してくれ」

「かしこまりました」

突然着替えだなんて言われたわたしは、彼がかなり怒っていることを察した。

「アーサー様、わたし……」

「うん、大丈夫。わかってるよ。アリスは何も悪くない。俺が悪いんだ。だから着替えておいで」

何故そこで、アーサー様が悪いということになるのか、わたしにはわからない。

「怒って、いますか」

「アリスには怒ってないよ」

そして、彼の言う通りメイドによって別室へと案内されたわたしは、何着も用意されていたドレスのひとつに急いで着替えたのだった。

一番に思うのは

「すみません、お待たせしました……」

着替え終わったわたしは、恐る恐るアーサー様の部屋へと戻ってきた。彼はソファに腰掛けていて、わたしの姿を見ると「おいで」と自身の隣のあたりをぽんぽんと叩いた。

色々と申し訳なくなり、いつもより少しだけ離れた場所に腰を下ろせば、彼はひどく悲しそうな表情を浮かべて。

「……俺のこと、嫌になった？」

そんなことを、真剣に訊ねられた。

「そ、そんなことあるはずがないです！　わたしこそ、アーサー様に嫌な思いばかりさせてしまって、本当にごめんなさい……」

「本当に？　俺のことは好き？」

「も、もちろん好きです！　大好きです」

そう言うと、アーサー様は安堵したように微笑み、わたしを再び抱き寄せた。遠慮がちに彼の背中に手を回せば、余計にきつく抱きしめられる。

あたたかな彼の体温と胸の鼓動を感じていると、不意に「ねえ、アリス」と名前を呼ばれた。

「ヴィンス・ホールデンに、好きだとでも言われた？」

「え……」

——どうして、そんなことが分かるのだろう。

驚いて顔を上げれば、困ったように笑うアーサー様と視線が絡んだ。

「やっぱり、そうなんだね」

どうやら、そうです、とわたしの顔に書いてあったらしい。

アーサー様はそっと、わたしの頬に触れた。

「そう言われた時、どう思った？」

もう間違えないように、彼を傷つけないように、言葉を選ばなければ。

——ホールデン様に、好きだと言われた時。わたしは一番に何を思っただろうか。

本当に彼が自分のことを好いているのかと、信じられない気持ちや驚きもあった。そして彼の気持ちに応えられないことに対する、罪悪感のようなものもあったけれど。

「……怖かった、です」

「怖かった？」

「もしもアーサー様が知ったら、嫌な思いをするのではないかと思うと、少しだけ怖かったです」

そう伝えると、アーサー様は少しだけ驚いたような表情を浮かべて。やがて、再びわたしをきつく抱きしめた。

「……嬉しい」

「えっ？」

「アリスは他の男に好きだと言われた時ですら、一番に俺のことを考えてくれるんだね」

そしてわたしの肩に顔を埋めたまま、好きだ、大好きだと何度も言われ、顔が熱くなっていく。

「……アーサー様も、そうですか？」

「嫌だな、俺がアリスのことを一番に考えていない瞬間なんて、一秒たりともあるはずがないよ」

アーサー様は当たり前のように、そう答えてくれた。

本当に可愛いだなんて言ってわたしを抱きしめ続ける彼を見る限り、怒ったり苛立ったりしている様子はもうない。

内心安堵しつつ、だんだんと甘くなっていく雰囲気に胸の高鳴りを覚えていた、そんな時。

「アーサー！　いるか？」

不意に殿下の大きな声がノック音と共に室内に響き、思わずびくりと肩が跳ねた。アーサー様はというと、深い溜め息をついている。

最近、なんだかこんなパターンが多い気がする。

「……少し待っていて」

アーサー様はそう言うと、ドアへと向かう。やがてドアの隙間から顔を覗かせた殿下は、わたしの姿を見るなり「これはすまなかったな」と笑い、アーサー様の背中を叩いた。

立ち話もなんですから、とアーサー様は殿下にソファに座るよう勧め、お茶の準備を始めた。

「すまない、アリス嬢が来ていたとは知らなかった。邪魔だったか？」

「そうですね。ご用件は？」

「気持ちがいいくらい正直だな。用件は、お前も来月の舞踏会に参加するだろう？　という確認だったんだが」

「……正直、参加せずに済むのならそうしたいですね」

そして二人の話に耳を傾けているうちに、その舞踏会が先日、エマ様に誘われたものと同じだということに気が付く。

「あの、わたしも、エマ様とその舞踏会に参加しようと思っています」

その瞬間、アーサー様の口からは「えっ？」という声が漏れる。

一方、殿下は「本当か？」と嬉しそうにわたしの手を取った。

「よし、アリス嬢が来るのならアーサーは来なくていいぞ」

「行かないわけがないでしょう」

アーサー様はティーカップを殿下の前に置くと、わたしと殿下の手をほどき、ソファに腰掛けた。

「先に教えてほしかったな」

「すみません、忘れていました」

「今、聞けてよかったよ」

そして当日わたしはエマ様と会場へ行くため、現地で合流しようということになった。初めてのティナヴィア王国での催しに、アーサー様と一緒に参加できるなんて本当に嬉しい。

元々楽しみだった気持ちが、余計に膨れ上がっていく。

「……ということは、アカデミーではなく舞踏会の日に、例の物を使って行動に出る可能性が高いですね」

「確かに、そうだな」

真剣な表情でそんなことを話す二人を見つめながら、ティーカップに口をつけた。

「最近、アカデミーはどうだ？」

「今日は本棚が倒れてきたそうですよ」

そんな殿下の質問に対し、アーサー様が代わりにそう答えた。

「大丈夫だったのか？」

「ええ。ヴィンス・ホールデンが助けてくれたとか」

またもやアーサー様が代わりに答えると、殿下は「お前も頑張ってるのに、いいとこ取りばかりされて可哀想だな」と言い、苦笑いしていた。

「……単純に、力不足ですよ」

そう呟くと、アーサー様は何のことかわからずにいるわたしへと視線を向けて。やっぱり、困ったように微笑んだのだった。

よく似た笑顔

「アリスおねえさま！　はい、どうぞ」

「わあ、ありがとうございます。素敵なお人形ですね」

「ふふっ、ハロルド、嬉しそうね」

とある週末、わたしはハリエット様からお誘いいただき、ホールデン公爵家へとやって来ていた。

ハロルド様が「アリスおねえさまとあそびたい！」と言ってくれたようなのだ。とは言え、ホールデン様に告白された後なのもあり、お断りしようと思っていたけれど。

何かを察したらしいハリエット様から、その日彼は領地の視察で留守の予定だから、気兼ねなく来てほしいと言われて。結局二人に会いたかったわたしは、アーサー様にもしっかりと伝えた上で、誘いを受けることにした。

外は生憎の雨で、広々とした広間でお茶をしたりおもちゃで遊んだりと、のんびりとした時間を過ごしている。ハロルド様は本当に可愛くて、何度も胸が締め付けられた。

「アリスおねえさま、つぎはピアノひいて！」

「はい、いいですよ。何の曲がいいですか？」

「アリス様、何度もすみません」

「いえ、とても楽しいですから」

わたしが一曲弾くごとに、ちいさな手のひらでぱちぱちと拍手をしてくれるのが、何よりも嬉しい。そうしてリクエスト通りに、子供向けの曲を弾いていた時だった。

「……アリス？」

不意に背中越しに声をかけられ、その聞き覚えのある声にわたしは思わずピアノを弾く手を止めた。そうして振り返った先にいたのは、ひどく驚いた表情を浮かべているホールデン様だった。コートや帽子はところどころ濡れていて、たった今外から帰って来たのが見て取れる。

「お兄様、領地の視察に行くはずだったのでは？」

「雨で崖が崩れて、道が塞がっていたから引き返してきた」

「まあ、そんなことが。ご無事で何よりですわ」

彼は上着や鞄を使用人に預けると「予定が滅茶苦茶だ」と深い溜め息をつき、ソファに腰掛けた。

「おにいさまも一緒にあそぼう！　みんなであそびたい」

「……ああ、そうだな」

ぐいぐいとホールデン様の腕を掴み甘えるハロルド様によって、あっという間に四人で遊ぶ流れになってしまう。ハリエット様から、「すみません」と言いたげな視線を向けられ、大丈夫だという意味を込めて笑顔を向けた。

皆で子供向けの遊びをするだけなのだ。変に意識せず、普通にしていよう。そう決めて、わたしは目の前の小さな天使の頭を撫でたのだった。

「あの、ホールデン様」

「はいっ！」

「もう、ハロルドったら」

そうして四人で遊んでいたのだけれど、予想外すぎる問題が生じてしまった。わたしがホールデン様と彼のことを呼ぶ度に、ハロルド様が元気に返事をしてしまうのだ。

「アリス様、ここにはホールデンは三人もいるのです。今だけでも、違う呼び方をしてみては如何でしょう」

「えっ？」

「お兄様のお名前は知っていますか？」

ハリエット様にそう訊ねられ、わたしはこくりと頷く。

「ヴィンス様、ですよね？」

するとその瞬間、ホールデン様はばさりと手に持っていたカードを全て落としてしまって。それを見たハロルド様が「おにいさまのカード、ぜんぶみえちゃったよ」と怒っている。

そんな二人を見て、ハリエット様は声を上げて笑った。

「どうか今日だけは、そう呼んでみてくださいな」

「で、でも……」

「お兄様もその方がいいでしょう？」

「……ああ」

ここまで言われてしまっては、流石に無理だとは言いにくい。それにハリエット様の言う通り、今この場では不便だろうと思ったわたしは、やがて首を縦に振った。

「では、今日はそう呼ばせていただきますね」

「わかった」

そうして床に散らばってしまったカードを拾い集めると、そっと彼に手渡したのだった。

◇◇◇

「寝顔も本当に可愛いですね」

「ええ、自慢の弟です」

やがてハリエット様に抱かれた状態で、すやすやと眠ってしまったハロルド様の寝顔は、本当に天使のようだ。いつまでも眺めていられそうなくらい、可愛らしい。

ホールデン様が代わりに運ぶと申し出たけれど、万が一起こしてしまっては可哀想だと言い、彼女が抱きかかえたまま、ハロルド様をベッドへと運ぶことになった。

わたしは先程、少し抱っこしただけでふらついてしまったから、軽々と抱き上げるハリエット様を尊敬してしまう。わたしも少しくらい、運動をしてみた方がいいかもしれない。

そんなことを考えながらも、二人きりになったわたし達の間にはなんとなく気まずい空気が流れていた。彼とこうして二人になるのは、あの告白の時以来だった。

「…………」

「…………」

アーサー様に申し訳ないと思いつつも、こればかりは予想外のことで、どうしようもない。そんな言い訳じみたことを、沈黙の中で一人考える。

「ハロルドもとても喜んでいた。ありがとう」

すると先に口を開いたのは、彼の方だった。

「いいえ、わたしもとても楽しかったですから」

「それなら良かった」

そう言って小さく笑う彼の顔はやはり、ハロルド様によく似ている。愛らしいハロルド様の笑顔を思い出し、つられて笑顔になってしまう。

するとホールデン様は悲しそうな、辛そうな、そんな表情を浮かべ、わたしを見つめて。

「どうして、お前は一人しかいないんだろうな」

「えっ？」

呟かれた言葉の意味が分からず戸惑うわたしに、彼は尚も続けた。

「……やっぱり、諦められそうにない」

それぞれの初恋

「本当に、好きなんだ」

そう言って、わたしを見つめるホールデン様の瞳はひどく熱を帯びていて。彼がわたしを本当に好きなのだということが、苦しいくらいに伝わってくる。

それと同時に、その気持ちに応えられないことを思うと、胸が痛んだ。もしもわたしが好きな人に、アーサー様に、好きになってもらえなかったとしたら。そんなことを想像するだけで辛くて苦しくて、泣きたくなってしまう。

——ホールデン様は、とても素敵な人だ。

少し不器用だけれど、まっすぐで、優しくて。そんな彼にわたしは、何度も助けられた。感謝してもしきれない。

だからこそ今、しっかりしなければいけないということは、わたしにもわかっていた。

「ありがとう、ございます」

手のひらをきつく握ると顔を上げ、わたしはまっすぐに彼の美しい金色の瞳を見つめた。

「ホールデン様のお気持ちは、嬉しいです」

慎重に選んだ言葉だけれど、素直な気持ちでもあった。

「けれどわたしは今もこれからも、アーサー様以外の方を好きになることはありません。本当に、ごめんなさい」

視線を逸らさずにそう言い切ると、罪悪感のようなものに襲われ、ずきりと再び胸が痛んだ。

けれどこうしてはっきりと断ることが、わたしにとっても彼にとっても一番良いと思った。

少しの沈黙の後、ホールデン様はひどく優しい声で「ありがとう」「すまない」と呟いて。彼は今にも泣きそうな顔で、小さく笑った。

「アリス様、すみません。お待たせしました！」

やがてそんなハリエット様の声が室内に響き、彼女が戻ってきたことで少しだけ空気が明るくなりほっとする。

「ハリエットも戻ってきたことだし、俺はそろそろ部屋に戻る。アリス、また」

「はい、ありがとうございました。またアカデミーで」

そうして広間を出て行ったホールデン様の姿が見えなくなると、ハリエット様はわたしのすぐ隣に腰掛けて。

彼女はそっと、わたしの手を取った。

「……アリス様、ありがとうございます」

「えっ？」

「お兄様をしっかり振ってくださって、ありがとう。アリス様はお優しい方ですから、とても辛かったでしょう」

それと、立ち聞きしてしまってごめんなさい。そう言って、ハリエット様は悲しげな表情を浮かべた。どうやら彼女は部屋の外で、一部始終を聞いていたらしい。

けれどあの状況で広間に入ってくるなんて、無理に決まっている。わたしは気にしないでほしいと微笑んだ。

「そもそも、婚約者がいるアリス様に対して好きだと伝えること自体、間違っているとはわかっているんです」

「ハリエット様……」

「けれど女性が苦手なお兄様の、初めての恋だったんです。どうか許してあげてください」

そして彼女は再び「本当に、ごめんなさい」と呟いた。

ハリエット様が謝ることなんて、何一つない。もちろん、ホールデン様だってそうだ。

「もちろんです。本当に、お気持ちは嬉しかったですから」

そう言って、わたしはハリエット様の掌を握り返した。

「……ありがとうございます。アリス様に出会えて、アリス様を好きになったことはお兄様にとって、間違いなく前に進むきっかけになったと思います」

そんな彼女の言葉に、少しだけ気持ちが軽くなる。

そうであってほしいと、わたしは願わずにはいられなかった。

◇◇◇

それから数時間後、わたしは一人、王城を訪れていた。

突然、夕方に何の連絡もなしにいきなり訪ねるなんて、迷惑だということは勿論わかっている。けれどどうしても今、アーサー様に会いたかった。

ほんの少し、顔を見るだけで良かった。

アーサー様がお忙しいのは分かっていたし、今は会えないと言われれば、すぐにでも帰るつもりだった。むしろ絶対に、そうなると思っていたのに。

応接間のような部屋に通され座って待っているとすぐにドアが開き、そこにはアーサー様の姿があった。

「アリス？」

彼の髪は少しだけ乱れていて、急いで来てくれたというのが見て取れる。それだけで、泣きたくなった。

いつもと変わらない、柔らかな笑顔を浮かべた彼に「とりあえず俺の部屋に移動しようか」と言われ、少しだけ冷たい大好きなその手を取って。二人でゆっくりと歩いて行く。

そうしていつも通りソファに並んで腰を下ろしたけれど、なんだか落ち着かずソワソワしてしまう。

「突然来てしまってごめんなさい。アーサー様はとてもお忙しいのに、迷惑でしたよね」

「アリスより大切なことなんてないよ。それよりもどうかした？　何か困ったことでもあった？」

「あの、アーサー様に、どうしても会いたくなって」

口に出してみると、そんなくだらない理由でいきなり訪ねてしまったことを、今更ながらにひどく後悔してしまう。

けれど次の瞬間、わたしは彼の腕の中にいて。

「……すごく嬉しい。アリスが俺に会いたいと思って、こうしていきなり来てくれるなんて」

そしてアーサー様が「ありがとう、アリス」なんて言うものだから、わたしは心底泣きたくなっていた。彼は本当に、わたしに甘すぎる。

「アーサー様、好きです。大好きです」

好きな人に、好きになってもらえること。それがどれだけ奇跡のようなことで、とても幸せなことなのか。

そんなことを今更実感し、目の前が更にぼやけた。

「わたし、一生アーサー様のことが大好きな自信があります」

「……本当に？」

「はい、本当です」

そんな当たり前のことを口に出せば、彼は何故か驚いたような表情を浮かべて。やがて彼は、わたしを抱きしめる腕に力を込めた。

「嬉しい。本当に嬉しい。好きだよ。愛してる」

突然のそんな甘い言葉の数々に、顔が熱くなる。どうやら本当に喜んでくれているようで、勇気を出して来て良かったと安堵した。

「今、アリスに愛されているんだなって実感したよ」

「ふふ、恥ずかしいです」

「これからももっと、俺のことを好きになってほしい」

「も、もうこれ以上ないくらいに好きです」

本気でそう思っていたけれど、彼は「まだ足りない」と呟くと、わたしの頭を優しく撫でた。

「ごめんね。それでもきっと、俺の半分にも満たないんだ」

そしてアーサー様はやっぱり、少しだけ悲しそうな、困ったような表情を浮かべて微笑んだ。

わたしに今、出来ること

「きっと俺の考えていること全てが伝わったとしたら、アリスに嫌われてしまうと思う」

「そんなこと……」

「あるんだ」

そう言い切られてしまい、わたしは返事に困ってしまう。

アーサー様が考えている、わたしが彼を嫌うほどのこととは一体何なんだろう。想像もつかない。

そもそもアーサー様を嫌いになること自体、想像もつかないけれど。

「そういえば今日は、ホールデン公爵家に遊びに行くと言っていた日だよね。そこで何かあった？」

「……ええと……」

「ヴィンス・ホールデンにまた、告白でもされた？」

言い当てられてしまい、どきりとしたのがやはり顔に出てしまったのだろう。「アリスは本当にわかりやすいね。そんなところも可愛いけれど」とアーサー様は笑った。

「でも、きちんとお断りしました。アーサー様以外の方を好きになることはないと」

「そうなんだ。偉いね」

アーサー様は満足気に微笑み、わたしの頬を撫でる。冷たい指先が滑っていく感覚と、彼の怖いくらい美しい笑みに、ぞくりとしてしまう。

「それで、どうして俺に会いたくなったの？」

「……それから色々と考えているうちに、アーサー様に好いてもらえていることがどれだけ幸せなことなのかを、改めて実感したんです。それで、会いたくなってしまって」

そんなわたしの言葉に、アーサー様は驚いたような表情を浮かべている。そこまで驚くことだっただろうか。

「……初めて役に立ったな」

「えっ？」

「いや、この国に来て良かったと、初めて思った気がして」

わたしはティナヴィア王国に来てから、エマ様やハリエット様という友人もでき、楽しい時間を過ごせている。だからこそ、来て良かったと思う瞬間は沢山あったけれど。

忙しく自由な時間もあまりないアーサー様にとっては、そうではないのだろう。なんだか申し訳ない気持ちになってしまう。

「そんな顔をしないで。アリスが一緒に来てくれただけで、本当に救われているんだ」

「本当、ですか？」

「もちろん。ありがとう」

ほっとするわたしに、彼は続ける。

「そうだ、舞踏会用のドレスも用意してあるんだけど、良ければ着てくれるかな」

「はい、勿論です。いつも本当に、ありがとうございます」

「良かった」

本当に、アーサー様には良くしてもらってばかりで。わたしにも、何か彼のために出来ることがあればいいのに。そう思ったわたしは、直接彼に訊ねてみることにした。

「あの、わたしに出来ることって、何かありますか……？」

「どうしたの？　急に」

「お忙しいアーサー様の為に、何か出来たらと思って」

「……何でも、いいの？」

「はい、わたしに出来ることなら」

すぐにそう返事をすれば、アーサー様はわたしの大好きな笑顔を浮かべた。それが彼がとても嬉しい時のものだということに気付いたのは、いつだっただろうか。

「……もしもまた、アリスが危ない目に遭ったなら、ティナヴィアにいる間は此処に滞在して、俺の側にいてほしい」

「えっ？」

「君には好きに過ごしてもらうつもりだったけど、何かあったらと思うと心配で何も手につかなくなるんだ。駄目かな？」

そうして不安げな、縋るような視線を向けられたわたしはすぐに首を縦に振っていた。

アーサー様にそんなにも心配をかけてしまっていたことに、胸が痛む。わたしが彼の立場だったなら、同じことをお願いしていたかもしれない。婚約者が慣れない土地で危ない目に遭っているなんて、落ち着かないに決まっている。

正直、ロバーツ家から出るのもアカデミーに行けなくなるのもとても嫌だった。けれどアーサー様に心配や迷惑をかけるくらいなら、それくらい我慢すべきだとも思う。

この国にいるのも、残り二ヶ月と少し。その間、とにかく気をつけなければ。

「わかりました。心配をかけてしまって、ごめんなさい」

「ありがとう、アリスはいい子だね。もちろん、此処にいる間はいつでも友人に会えるようにするから、安心してね」

「はい、ありがとうございます。気をつけますね」

まるで此処に滞在することが決まったかのように話すアーサー様は、わたしをきつく抱きしめると、耳元で「本当に、気を付けてね」と呟いたのだった。

◇◇◇

「アリス様、いよいよ来週ですね」

「はい、楽しみです」

あれから、二週間ほどが経った。いよいよ舞踏会を来週に控え、わたしやエマ様だけでなくアカデミーの生徒達も皆、浮き足立っているようだった。

最近はマルヴィナ様やその取り巻きの人々も、怖いくらいに静かで。わたしはとても平穏な生活を送ることができている。

「アリス、それはこの資料を見た方がいい」

「はい、ありがとうございます」

「ああ」

ホールデン様はというと顔を合わせれば変わらず挨拶をしてくれて、授業中に共にグループ活動をする際にも今まで通りに接してくれている。

それは決して簡単なことではないはずなのに、その優しさと気遣いに感謝せずにはいられなかった。

「……最近は、大丈夫なのか？」

「大丈夫、というのは？」

「誰かに何か、されていないのか」

授業が終わり教科書や資料を片付けていると、不意にホールデン様にそう声を掛けられて。

少し不安げな表情を浮かべる彼は、わたしが再び嫌がらせをされていないかどうか、心配してくれているのだろう。

本当に、優しい人だと思う。

「はい、お蔭様で何も起きていません」

「そうか。良かった」

「心配してくださり、ありがとうございます」

彼はほっとしたように小さく微笑むと「今後も気を付けろよ」とだけ言い、自席へと戻っていく。

その背中を見つめながら、わたしは胸に小さな痛みを感じつつも気を引き締めたのだった。

舞踏会1

「アリス様、本当にお綺麗です……！」

「ありがとうございます。エマ様も、とても素敵です」

いよいよ、舞踏会当日になった。支度を終えて広間でエマ様と合流すると、彼女は恥ずかしくなるくらいに褒めちぎってくれた。

ちなみに今着ているアーサー様に贈っていただいたドレスは、ティナヴィア王国でも一・二を争う人気デザイナーのものだという。皆の憧れなんですよと、エマ様は教えてくれた。

普段着ているものよりも落ち着いたドレスに合わせて、珍しく髪もアップヘアにし、大人っぽく仕上げてもらった。ロナルド様や使用人達にも褒められて、つい浮かれてしまう。

やがて少し早めに二人で馬車に乗り込むと、エマ様はわたしのすぐ隣にぴったりとくっついて座った。少し照れた様子があまりにも可愛らしくて、つい笑顔が溢れる。

「あの、嫌ではないですか？」

「もちろん。嬉しいです」

彼女は少し緊張している様子だったものの「ハリエット様やリリアン様にお会いできるのも、楽しみです」と笑顔を浮かべていて、ほっとする。

しばらく他愛のない話をしていたけれど、やがて少しの沈黙の後、エマ様は「実は」と戸惑った様子で口を開いた。

「……昨日、ホールデン様に謝罪していただいたんです」

「えっ？」

「俺の態度が悪かったせいで辛い目に遭わせてしまった、すまなかった、と言っていただいて……そもそもは私が悪いのに、まさか謝っていただけるとは思っていなくて……」

話していくうちに、綺麗に化粧が施された大きな目に、涙が溜まっていく。

わたしは「せっかくの日なのに、泣いてしまってはお化粧が崩れますよ」と、彼女の背中を撫でながらも、今しがた聞いた話に驚きを隠せずにいた。

まさか彼ほどの人が身分が下の人間に、それも過去のことに対して謝るなんて。

本当に出会った頃とは別人だと思えてしまうくらい、ホールデン様は変わったように思う。もちろん、いい方向に。わたしはじんわりと、心が温かくなっていくのを感じていた。

「本当は、もう少しでアリス様が帰ってしまうと思うと寂しくて、怖かったんです。けれどもう、大丈夫な気がします」

「エマ様……」

「アリス様に出会えて、良かったです」

そんな彼女の言葉に、わたしも涙腺が緩んでしまうのを感じ、慌ててぐっと唇を噛んで涙を堪える。わたしもですと答えれば、彼女もやっぱり泣き出しそうな顔で笑っていた。


やがて王城に到着し中へと入るとすぐに、アーサー様が出迎えてくれた。今日も彼は見惚れてしまうくらいに素敵で、周りの人々の視線を集めている。

もちろん殿下も一緒で、大好きな人達とこうして参加できることが何よりも嬉しい。素敵な思い出になるに違いない。ちなみに、入場の際の殿下のパートナーはエマ様だ。

彼女はそのことに対しても緊張しているようだったけれど「これで彼女が舐められることも減るだろう」という殿下の配慮もあってのことだと、アーサー様からこっそりと聞いている。本当に、感謝してもしきれない。

そしてアーサー様は今日も、照れてしまうくらい褒めてくれた。最初は一緒になって褒めてくださっていた殿下も、途中からは苦笑いに変わっていたように思う。

「本当に、このまま攫《さら》ってしまいたいくらい綺麗だ」

「ふふ、攫ってどこへ連れて行ってくれるんですか？」

「まずは自国へ帰るかな」

「もう」

彼はそう言って笑うと、わたしにそっと手を差し出す。その手を取り、わたし達は会場へと歩き出したのだった。

◇◇◇

「グリンデルバルド様、そちらが噂の婚約者の方ですね」

会場へと入ると、アーサー様は自国と変わらないくらい沢山の方に声を掛けられていて、彼はどれほど社交の場に顔を出していたのだろうと驚いてしまう。

彼は全ての人にわたしのことを「何よりも大切な婚約者」だと紹介してくれて、嬉しくなる。

ティナヴィア王国の上位貴族と思われる方々の中には、ホールデン様の姿もあった。遠目ながらも視線が絡み会釈をすると、彼も小さく微笑んでくれた。

それからは忙しなく挨拶をして回っていたけれど、やがてそれも落ち着き、踊ろうかという流れになった時だった。

「……アリス、ごめんね。急に呼ばれてしまって、少しだけ殿下と行ってくるけれど大丈夫？」

「はい、大丈夫です。エマ様と一緒に、ハリエット様のところに合流してきますね」

二人はティナヴィアの王族の方に呼ばれたらしく、わたしはエマ様と共にハリエット様を探すことにした。

けれど会場が広すぎることや、人があまりにも多いことでなかなか見つからない。その上、見知らぬ男性とぶつかってしまった拍子に、エマ様とはぐれてしまって。

周りにはアカデミーで見かけたことのある人々も沢山いて、軽く挨拶をしながらなるべく端の方を歩き続けた。

「どうぞ」

「ありがとう……?」

そんな中、一人でいると突然、給仕からブドウジュースのようなものが入ったグラスを二つ渡されてしまったのだ。

何故二つも、と不思議に思いつつ両手にグラスを持ちながら、辺りを見回していた時だった。

「あら、ご機嫌よう」

「……っ」

不意に声を掛けてきたのは、なんとマルヴィナ様で。わたしは思わず身構えてしまう。

どうして彼女が今この場で、わたしに声を掛けてくるのだろうか。アカデミーにいる時ですら、こうして直接声を掛けてくることなど、ほとんどなかったというのに。

ひどく警戒しているわたしに対して、彼女は見たことがないくらいににっこりと笑ってみせた。

「良かったら、少しお話出来ないかしら？」

「すみません、人を探していまして」

「そうなのね、残念だわ。……あら、二つもあるのなら良ければおひとつ、私にくださらない？」

そう言って彼女が指差したのはわたしが持っていたグラスで、戸惑いつつも彼女に差し出そうとした時だった。

「おや、アリス嬢。此処にいたのか」

「殿下？」

聞き覚えのある声に振り返れば、そこには殿下の姿があってほっとしてしまう。けれどその近くに、アーサー様の姿はない。お一人でわたしを探しにきてくれたのだろうか。

「お、ちょうど喉が渇いていたんだ。一つくれないか」

そう言ってマルヴィナ様に渡そうとしていたグラスを、殿下がひょいと手に取った。その途端、マルヴィナ様の長い睫毛に縁取られた目が大きく見開かれる。

「……殿、下？」

そしてグラスに口をつけた瞬間、ぐらりと揺れたかと思うと、彼の身体は崩れるように床に倒れていった。

舞踏会2

慌てて殿下に駆け寄り、声をかける。けれど目を閉じたまま何の反応もなく、頭の中が真っ白になった。そんな様子を見たらしい周りは、一気に騒がしくなる。

すぐに衛兵や宮廷医らしき人々が一斉に駆けつけ、殿下を囲んだ。わたしは何が起きたのかを必死に説明しようとするけれど、喉が詰まったようにうまく言葉が出てこない。

「ひ、一口だけこれを飲んだら、急に倒れてしまって」

「毒物の可能性がありますので、グラスにはそれ以上触れないようにしてください」

毒、という言葉に、心臓が嫌な音をたてた。もしもこれが本当に毒物で、もしも殿下に何かあったら。そう考えているうちに、目の前がぼやけていく。

——どうして、こんなことに。

辺りからは「毒ですって」「他国の王子にこんな……」と言う声が聞こえてくる。

国が主催している場で他国の王族に何かあったとなれば、国際問題になるのは間違いない。事の大きさに、会場内は騒然となっていた。

「っ毒なんかじゃ、ありません」

すると突然、震える声でマルヴィナ様がそう呟いた。

その顔色は今にも倒れてしまうのではないかというくらい、ひどく真っ青で。はっきりと見て取れるくらい、その身体は震えている。

「……どうして、そんなことが分かるんですか」

そう訊ねれば、彼女はハッとしたように口元を覆った。その様子に、違和感を覚える。

そんな中、殿下は会場の外へと運ばれていった。心配だけれど、わたしに付き添う権利はない。どうか無事でありますようにと、両手をぎゅっと握った時だった。

「アリス」

名前を呼ばれ振り返れば、そこにはアーサー様がいて。彼の顔を見た途端、堪えていた感情が一気に溢れ出してくる。

「っアーサー様、殿下が……！」

堪えきれず泣き出してしまったわたしの涙を拭うと、アーサー様はわたしの耳元で「大丈夫だよ」と囁いた。

その言葉の意味が分からずにいると、突然入口から数人の衛兵が入ってきて、彼らはまっすぐマルヴィナ様の下へ行き、彼女を取り囲んだ。

突然のことに、再び会場内は騒然となる。そしてそのまま連行されて行く彼女に、まさか、とひとつの仮説が浮かぶ。

……彼女は、薬の中身が何かを知っているようだった。

「わたくしは、こんな、違うの……！」

やがて両腕を拘束されじたばたと暴れる彼女に、アーサー様は静かに近づいていくと、その耳元で何かを囁いた。

その途端、マルヴィナ様の目が大きく見開かれる。

「ど、どうして、そんなことを」

「彼女の為だよ」

「っそんなのおかしいわ、気持ち悪い……！」

突如そんなことを叫んだ彼女に、アーサー様は微笑んで。

「ああ。君の言う通り、俺は気持ち悪いしおかしいよ。アリスの為なら何だってする」

そして、そんなことを当たり前のように言ってのけた。

一体何が起きているのか、アーサー様とマルヴィナ様は何を話していたのか。そして二人の言葉の意味も、わたしには何もわからない。

やがて、ずるずると引きずられるようにして連行されていくマルヴィナ様を後目に、アーサー様はわたしの側へと戻ってくると、ひどく満足げに微笑んだのだった。

◇◇◇

その後、アーサー様に腕を引かれて会場を出たわたしは、とある一室へと辿り着いた。

戸惑いながらも中へと入れば、そこにはベッドに横たわる殿下の姿があった。周りには医者などの姿もなく大丈夫なのかと不安になっていると、アーサー様は「もう良いですよ」と瞳を閉じたままの殿下に声をかけた。

一体何のことだろうと思っていると、すぐに殿下の瞳が開き彼は何もなかったかのように身体を起こした。信じられないその光景に、わたしは驚きで声も出ない。

「やあ、アリス嬢。どうだった？　私の迫真の演技は」

「え、演技……？」

「ああ。私はあれを飲むどころか、グラスに口をつけてもいないよ。倒れたフリをしただけだ」

ひどく安心し腰を抜かしそうになったわたしを、すぐにアーサー様が支えてくれて。彼は「とにかく、もう大丈夫だよ。安心して」と微笑んだ。

「アーサー、きちんと説明してやれ」

「そのつもりですよ」

それから、彼は何が起きたのかを説明してくれた。

マルヴィナ様がわたしを陥れる為に用意した睡眠薬を、殿下が代わりに飲んで倒れるふりをしたのだという。そして彼女が薬を用意した証拠などを集め、匿名で密告したらしい。

……もしもあのまま、何も知らないわたしがマルヴィナ様に睡眠薬入りのグラスを渡してしまい、彼女が倒れてしまっていたら。あの場で侯爵家の令嬢にそんなことをしたとなれば、わたしもただでは済まなかっただろう。

その先のことを考えただけで、背筋がぞっとした。

「彼女もまさか自身の穴だらけの作戦を利用されて、こんな事になるとは思わなかっただろうな」

「殿下は本当に、大丈夫なんですか？」

「ああ。万一しっかりと調べられては困るから、普段から自身が服用している睡眠薬を少量飲んでいるだけだ。お蔭で眠くて死にそうだよ」

そう言うと、殿下はふわあと大きな欠伸をして笑った。

「黙っていてごめんね。敵を欺くにはまず、って言うから」

「い、いえ。もしも知っていたらわたし、演技なんて出来ずに絶対にボロを出してしまっていたでしょうから」

けれど、気になったことがあった。彼女が薬を盛ったことがわかっていたなら、それを指摘するだけではなく、何故こんな大掛かりなことをしたのだろう。

「どうして、殿下がわざわざ演技を？」

「それは勿論、私が被害者となれば罪は重くなるからだ」

そんなことを、殿下はさらりと言ってのけた。

「君を散々傷つけられて、あのアーサーが黙っているはずがないだろう。これでも足りないくらいじゃないか」

「えっ？」

「それに、最近外交面でティナヴィアがかなり強気でね。父からも、何か弱みを握ってこいと言われていたんだよ。そんな中、国が主催する舞踏会で侯爵令嬢が盛った薬を王子が口にしたとなれば、だいぶ我が国に有利になるだろうさ」

まさに一石二鳥だな、なんて言って殿下は笑う。

そして「君を散々傷つけられて」という殿下の言葉が引っかかる。戸惑いながらもアーサー様へと視線を向ければ、彼は困ったように微笑んでいた。

「ぜんぶ、知っていたんですか……？」

「うん」

全部と問いかけたものの、一体どこからどこまでが全部、なのだろう。いつから彼は、知っていたのだろう。そもそも、彼らがどうやってマルヴィナ様に関する証拠を集めたのかも、わたしにはわからないけれど。

「あんな事があって、俺が君を本当に見えないところに一人で置いておくと思う？」

きっと、わたしがクロエ様に攫われかけた時のことを言っているのだろう。

気が付けば、わたしの口からは「ごめんなさい」という言葉が溢れていた。

舞踏会3

「アリスは何も悪くないんだ、謝る必要はないよ」

アーサー様はそう言って微笑んでくれたけれど、やがて少しだけ寂しそうな表情を浮かべた。

「ああ、でも少しだけ悲しかったかな。俺は何度も、困ったことや辛いことはないかと訊ねていたのに、アリスは何も言ってはくれなかったから」

「……ごめんなさい、アーサー様に迷惑をかけたくなくて」

「迷惑だなんて思うはずがないよ。それに俺はアリスにかけられる迷惑なら喜んで、全て何とかしてみせる」

そんなアーサー様の言葉に、どうしようもないくらい泣きたくなる。こんなにもわたしのことを想い行動してくれるのはきっと、この世でアーサー様ひとりだけだろう。

ずっと気を張っていたのが緩み、涙が溢れそうになったわたしの頭を、アーサー様は優しく撫でてくれた。

「前に言ったよね？　アリスを助けるのも守るのも、俺だけでいいって。俺は本気だよ」

「アーサー様……」

「だからこれからは何でも話して、俺を頼ってほしいな」

「はい、これからはそうします。本当にごめんなさい」

わたしがそう返事をすると、アーサー様は満足げに微笑んだ。殿下も「うんうん、そうした方が良い」と笑っている。

それと同時に、先程ふと気になったことを訊ねてみた。

「あの、全部というのは……？」

「本当に全部だよ。アリスが色々な嫌がらせを受けていたことも、ヴィンス・ホールデンとのことも、全部」

どうして、そんなことまで全て知っているのだろう。気にはなったけれど、それを訊ねるのはなんとなく憚《はばか》られた。

とにかく、アーサー様と殿下には本当に危ないところを助けていただいたのだ。きっとここまでするのは、二人といえど簡単なことではなかっただろう。

わたしは二人に向き直ると、改めて深く頭を下げた。

「お二人とも、本当にありがとうございました。わたし一人では今頃どうなっていたか……」

「私は得もしたしな、気にしないでくれ。とにかくアリス嬢が無事でなによりだ」

殿下は楽しそうに笑うと「さて、本格的に眠くなってきたから一眠りするよ」と言い、再びベッドに横たわった。

「アリスが無事で本当に良かった。殿下も寝るようだし、俺の部屋に行こうか」

「はい」

改めて殿下にお礼を言い差し出された手を取ると、わたしはアーサー様と共に彼の部屋へと向かったのだった。

◇◇◇

部屋に着いた後、いつものようにソファに並んで腰掛ける。もう大丈夫だとわかっているはずなのに、殿下が倒れたときの恐怖がまだ身体に残っていて落ち着かない。

そんなわたしを見透かしたように、アーサー様は甘いお茶を淹れてくれた。一口飲むと温かさが身体に広がり、ほっと緊張感がほぐれていく。

「すぐに助けてあげられなくて、本当にごめんね」

「いえ、そんな……！　謝らないでください」

「今日だけじゃない。沢山辛い思いをしただろう」

他国の伯爵家の令嬢に対する嫌がらせ程度で、侯爵令嬢を罰することなどできない。だからこそ、こうして確実に裁ける時を狙って待っていたのだとアーサー様は言った。

果たしてマルヴィナ様がこの後どうなるのか、わたしには想像もつかない。けれどきっと、わたしが考えている以上の厳罰が待っているのだろう。

「もちろん、過去にアリスを傷つけた他の令嬢達にもしっかりと罪を償ってもらうから、安心してほしい」

アーサー様はそう言うと、わたしを優しく抱きしめてくれた。その温もりと匂いに、ほっとする。

「……本当に、腹が立って仕方なかった」

「アーサー、様？」

「君を傷つけた人間も、君に近づく人間にも」

抱きしめる腕に、ぎゅっと力を込められる。少しだけ苦しいけれど、嬉しくもあって。わたしはそのまま、彼に身を委ねた。

「アーサー様は、本当にすごいです。王子様みたい」

「そんな、アリスこそ大袈裟だよ」

「わたしは本当に、アーサー様がいないと駄目ですね」

そう言うと、彼はとても嬉しそうに微笑んだ。

「……そうだね。アリスには俺がいないと駄目だよ。だからこれからはずっと、俺の側にいてね」

柔らかく目を細め、アーサー様はわたしの頬にキスを落とすと「一生、俺がアリスを守るから」と言ってくれたのだった。


それから小一時間ほど経ち、パーティー用のドレスのままだったわたしは、そろそろお暇しようと思っていた。もちろん、まだアーサー様と一緒にいたい気持ちはあったけれど、気疲れもしているせいか早めに眠りたい気分だった。

「殿下もかなり頑張ってくれていて、予定通り後一ヶ月半くらいでウェルベザ王国に帰れそうだよ」

「そうなんですね」

「その間、アリスも王城にいてくれるよね？」

「えっ……」

つい戸惑ってしまったけれど、先日『もしもまたアリスが危ない目に遭ったなら、ティナヴィアにいる間は此処に滞在して、俺の側にいてほしい』と言われていたことを思い出す。

マルヴィナ様のことが解決したとはいえ、こうして助けていただいて、これ以上アーサー様に心配をかけたり不安にさせたりするわけにはいかない。

本当はまだアカデミーにも通いたいし、エマ様と一緒に過ごしたかったけれど、今のわたしは我が儘を言える立場ではない。

「はい、わかりました。よろしくお願いします」

「ありがとう、アリスはいい子だね。すぐに荷物は運ばせるし着替えもあるから、このままここに居て大丈夫だよ」

そんな急な提案に、驚いてしまう。流石にそれは急すぎる気がして、わたしは慌てて口を開いた。

「あの、一度だけ戻ってもいいですか？　エマ様やロバーツ家の皆さんにもお礼を言いたいので」

「……わかったよ。アリスとずっと一緒に居られると思うと嬉しくて、気がはやってしまったみたいだ。ごめんね」

「いえ、すみません」

「明日の昼前には、迎えに行くよ」

そう言って、アーサー様は誰よりも綺麗に微笑んだ。

二人だけの日々

「おはよう、アリス。昨日はよく眠れた？」

「おはようございます。はい、お蔭様でよく眠れました」

「良かった。今日も可愛いね」

今から一週間ほど前の、舞踏会での事件の後。アーサー様の用意した馬車に送り届けられ、わたしはロバーツ家へと戻った。

そして今回の件はマルヴィナ様が仕組んだこと、残りの留学期間はアーサー様に心配を掛けたくないことから、王城で過ごすことを伝えた。それと、今までお世話になったお礼も。

とても寂しいけれど、わたしの身の安全の為にもそうした方がいいと皆言ってくれた。

『アリス様、ご迷惑でなければ遊びに行きますね』

『迷惑なはずがありません。エマ様さえ良ければいつでも遊びに来てくださいね』

アカデミーにはもう通えなくなるだろう。この数ヶ月間お世話になった、ハリエット様やホールデン様に会えないままなのは心苦しいけれど、お礼の手紙を出そうと思う。

ちなみに台無しになってしまった舞踏会については、数ヶ月後に再び開催されるようで安堵した。エマ様やクラスメート達が皆、楽しみにしていたのを知っていたからだ。

そして翌日の昼には王城からの迎えが来て、わたしは数ヶ月過ごしたロバーツ家を後にした。


「今日は思っていたよりも予定が早く終わりそうだから、夜も一緒に食事が出来そうだ」

「はい、楽しみにしていますね」

相変わらず忙しいアーサー様とは違い、わたしは王城に来てからというもの、あてがわれた広すぎる部屋の中で一日のほとんどを過ごしている。

時折、王城内の図書館に行って本を借りて読んだり、勉強をしたり。裁縫をしたり、メイドとお喋りをしたり。

そして朝と夜は基本、アーサー様とこうして一緒に食事をとっている。彼はいつもわたしの部屋まで来てくれて、わたしの部屋で食事の用意をさせていた。

こうして日に何度も会えるのはグリンデルバルド家で生活していた時以来で、もちろん嬉しい。けれど、あと一ヶ月半近くこの生活が続くのかと思うと、アカデミーに通っていた頃が少しだけ恋しくもなった。

「実は三日後には、半日休みが作れそうなんだ。アリスさえ良ければ二人で出掛けようか」

「本当ですか？　とても楽しみです」

「どこか行きたいところはある？」

「調べて考えておきますね」

「ありがとう、楽しみだな」

アーサー様と、久しぶりのお出掛け。時間だけはたっぷりあるのだ、今日は三日後の予定を立てて過ごそうと決めた。

「それじゃあ、行ってくるね」

「はい、行ってらっしゃいませ」

食事を終え部屋の入り口で彼を見送っていると不意に、きつく抱きしめられて。

「……だめだな、幸せだ。行きたくなくなる」

「ふふ、わたしもです」

「君が見えない所にいる間は、毎日本当に心配だったから」

一体わたしは彼をどれだけ不安にさせ、心配をかけてしまっていたのだろうか。申し訳なさで胸が締め付けられる。

「いい子にして、待っていてね」

だからこそ彼の言いつけ通りにわたしは今日も、王城内で大人しく過ごそうと決めたのだった。

◇◇◇

「ジェアナ、図書館に行ってもいい？」

「はい、勿論です」

その日の夕方。朝からティナヴィアの観光地などを調べていたけれど、もう少し色々と見てみたくなり図書館に行くことにした。アーサー様が戻って来るまで、まだ時間はあるはず。

図書館までは、わたしの部屋からは歩いて数分だ。アーサー様がわたし専属のメイドにと紹介してくれたジェアナは、笑顔で了承してくれた。

図書館に着いたものの、なんだか今日はいつもより肌寒い気がする。そんなわたしの様子を見たジェアナは「上着をとってまいりますね」と言い部屋へと戻っていく。

棚に並んだ本を手に取り、どれを借りていこうかと悩んでいると不意に見知った顔がこちらへと歩いてくることに気が付いた。やがて視線が絡み、わたしは小さく礼をする。

「ごきげんよう」

「ああ、コールマン様」

彼は同じアカデミーに通い、ホールデン様といつも一緒にいた伯爵家の子息だ。彼とは挨拶程度の仲だったけれど、人の好さはその雰囲気からも滲み出ている。

「舞踏会の日から突然アカデミーにも来なくなったので、皆心配していましたよ。話は聞きましたが、大変でしたね」

「ご心配をおかけしてすみません……けれどお蔭様で、今は落ち着いて過ごしています」

「それは良かったです。ヴィンス様にもそうお伝えしておきますね」

「はい、よろしくお伝えください」

彼は小さく礼をし、去って行く。それからはまた、本を探していたのだけれど。

突然ふわりと肩に上着をかけられ、ジェアナにお礼を言おうと振り返ったわたしはひどく驚いてしまった。

「見つけた」

「アーサー様、どうしてここに？」

彼は微笑むと、軽くわたしの腰を抱き寄せた。

「君の部屋を訪ねてみると姿がないから、探していたんだ。その途中でメイドに会って、ここにいると聞いて迎えに来た」

「そうだったんですね。すみません」

「ううん。色々調べてくれていたんだね、ありがとう」

きっと疲れているだろうに、わざわざ図書館まで迎えに来てくれるなんて思いもしなかった。

それからは二人で改めて本を選び、手を繋いで部屋へと戻った。そして夕食までは並んでソファに座り本を見ながらどこへ行こうかと話し、楽しい時間を過ごした。

翌朝、何故か担当メイドが変わっており、不思議に思ったわたしは理由を訊ねてみたものの、アーサー様は笑顔を浮かべるばかりで答えてはくれなかった。

愛を飼う

「アーサー様とサリヤ教会に行かれたんですね。私も昔から大好きな場所なんです」

「はい、とても素敵でした」

「観光スポットとしても有名ですし、あそこで結婚式を挙げるのはティナヴィアの女性達の憧れなんですよ」

王城に来てから、半月が経った。今日もエマ様が遊びに来てくれていて、自室で二人でのんびりとお茶をしている。

相変わらず、わたしは先日アーサー様と出かけた日以外は引きこもりに近い生活を送っていた。だからこそ、こうしてエマ様が沢山遊びに来てくれるのは本当に嬉しい。

ちなみにアーサー様は先程、仕事の合間に手土産を持って挨拶をしに来てくれていた。

先週はエマ様だけでなくハリエット様やリリアン様も来てくださって、皆で小さなお茶会をして楽しんだ。

「最近、アカデミーはどうですか？」

「マルヴィナ様やその周りのご令嬢方が退学されたせいもあって、とても平和ですよ。あっ、アリス様が受けていた授業のノート、まとめてきたんです」

「本当ですか？　ありがとうございます……！」

わたしがアカデミーを辞めた後もエマ様はクラスメート達と馴染み、楽しく過ごせているようで。それが聞けただけでも、この国に来て良かったと心の底から思えた。

「来週もまた、遊びに来てもいいですか？」

「もちろんです。楽しみに待っていますね」

来週も会いに来てくれるのが嬉しくて思わずエマ様の手を取れば、彼女もまた嬉しそうに微笑んでくれた。

そして次会うまでにノートのお礼に、彼女に何かプレゼントを用意しようと決めたのだった。

◇◇◇

「アリス、ただいま」

「おかえりなさい、アーサー様。お疲れ様です」

アーサー様は今日、殿下と共に夜会に顔を出して来たようで、その後すぐにわたしの部屋へと来てくれた。

夕飯も一人で食べ少しだけ寂しい気持ちになっていたわたしは、早足で彼の下へと向かう。

「会いに来てくれて、嬉しいです」

「本当に可愛い」

するとすぐに、苦しいくらいにきつく抱きしめられた。

「あの、今日のお菓子、ありがとうございました。入手するのがとても困難なものだと聞きました。とても美味しかったです」

「本当？　喜んでくれて良かった。あんなもので良ければいくらでも用意するよ」

そしてアーサー様は「何が食べたい？　何が欲しい？」と訊ねてくれる。実は此処に来てからと言うもの、それは日課のようになっていて甘やかされすぎている気がしていた。

そんな中、ふと昼間のことを思い出す。

「実は、エマ様に何かプレゼントがしたいんです」

「何がいい？　俺が用意するよ」

「最後ですしたくさんお世話になった分、自分で見て選びたいなと思っていて……」

「アリスが一人で？」

「気をつけますので、近日中にメイドと共に王都の大通りの大きなお店に行ってきても良いでしょうか？」

出来るのならばロバーツ家の方々、そしてハリエット様達にも何か贈り物をしたい。けれどアーサー様が、首を縦に振ってくれることはなかった。

「商品リストを貰ってくるよ。ああ、それか直接この部屋に持って来させようかな。それでも駄目？」

「い、いえ、やっぱり大丈夫です」

なんだか思っていた以上に、大事《おおごと》になってしまいそうだ。たくさん心配をかけてしまったせいか、アーサー様はわたしに対しかなりの過保護になっているようで。

こんなにも良くしてくださっているのに、これ以上何かを頼むのは申し訳ない。確かまだ、新品のハンカチがあったはず。今日から急いで取りかかれば、刺繍をして贈ることも出来るだろう。

そうして、買い物に行かずともできるプレゼントを必死に考えていた時だった。

「二日後の夕方で良ければ、一緒に買いに行こうか」

「いいんですか……？」

「もちろん。ごめんね」

何故か謝罪の言葉を口にして、彼は続ける。

「毎日アリスがこうして俺を待っていてくれるのが幸せすぎて、欲張りになってしまっているみたいだ。ごめんね、嫌いにならないでほしい」

「そんなことあるはずがないです。それに結婚したら毎日ずっとお屋敷で、アーサー様のことを待ちますから」

何気なくそう言えば、何故かアーサー様は驚いたような、戸惑ったような表情を浮かべて。

「本当に、俺と結婚してくれる？」

やがて、そんな問いを口にした。

つい昨日だって自国に戻ったらすぐに結婚式の準備をしよう、ドレスはあのお店で頼もう、と話していたのに。どうして彼の瞳はこんなにも、不安げに揺れているのだろう。

「アリスは本当に、俺でいいの？　俺は、アリスが思っているような人間じゃないのに」

「わたしはアーサー様がいいんです。アーサー様じゃなきゃ嫌です」

迷わずにそう答えれば、再び抱きしめられて。まるでわたしの存在を確かめるように、彼は腕に力を込めた。

「ごめん、意味なんてないんだ。嫌だって言われたって絶対に離してあげられないし、俺は何があったってアリスと結婚するつもりなのに。変なことを聞いてごめん。ありがとう」

なんだか最近は、謝られてばかりだ。

そしてアーサー様は「ごめんね、疲れているのかもしれない。今日はもう帰るよ。また明日」とわたしの頬に軽くキスを落とし、部屋を後にした。

そんな彼の背中を見つめながら、わたしは少しの違和感と不安に駆られていたのだった。

罪悪感と我儘

「で？　ついこの間まで毎日浮かれ切っていたくせに、今度は何故、この世の終わりのような顔をしていいるんだ？」

いつもの様に付き添いで参加した夜会の途中、殿下に「少し外で涼まないか」と誘われ頷けば、彼は小さな噴水の縁に腰掛けた。そして、一言目に言われたのがそれだった。

「お前が、こんなにも分かりやすい人間になるとはな」

その口元には、呆れたような笑みが浮かんでいる。

そんなにも顔に出ていたのかと反省しつつ、殿下の隣に腰を下ろす。冷たい夜風が頬を撫でていき、少し肌寒さを感じる。いつの間にか季節はもう、秋に変わっていた。

「……アリスが、俺を信じて疑わないんです」

「いい事じゃないか」

「俺は、誰よりも自分勝手な人間だと言うのに」

最初は、ただひたすらに彼女のことが心配だった。

毎日俺の手の届かない場所で、俺のよく知りもしない人間と過ごすだけでも不安で、落ち着かなかった。

その上、彼女は侯爵令嬢の嫌がらせの標的になり、よりによって公爵令息にまで好意を持たれてしまったのだ。常に彼女のことが心配で心配で、仕方なかった。

アリスをこの国に連れて来たことを後悔した日もあった。他国では、思い通りに行かないことが多すぎる。自国の安全な場所に居てくれた方が良かったとも、何度も思った。

けれど彼女と会えた日には、そんな気持ちも吹き飛んでしまう。半年も会わないなんて耐えられる筈がないと、泣きたくなるくらいに思い知らされた。

「あの部屋で毎日俺だけを待っているアリスが愛しくて幸せで、おかしくなりそうですよ」

「はは、冗談はよしてくれ。お前はとっくにおかしいぞ」

殿下の容赦のない物言いに、苦笑いが溢れた。

あの侯爵令嬢とその周りの令嬢達を排除した今、彼女にとっての危険分子は多くないはずだ。それなのに俺は今、彼女の自由を奪い、あの部屋に閉じ籠もる生活を強いている。

――自分でも、とうに気が付いていた。今俺がしていることはアリスの為ではなく、自分の為なのだと。

けれど彼女は全て自分の為だと信じて疑わない。時折、こんな俺に対して申し訳なさそうな顔さえするのだ。最近では、彼女といると罪悪感を感じてしまうようになっていた。

「まあ、どちらにせよそんな生活も後一ヶ月で終わるんだ。せいぜい満喫すればいいさ。彼女だって、俺の見ている限りは満更でもなさそうだしな」

「アリスは優しい子ですから」

「それにお前は頑張ったじゃないか。彼女だって救われたんだ。少しくらい、我儘になったっていいと思うぞ」

そんな言葉に、俺もまた救われたような気持ちになる。

「その代わり、ウェルベザに戻った後はしっかりしろよ。甘やかしてばかりいては、いずれ困るのはアリス嬢の方だ。彼女は、次期グリンデルバルド公爵夫人になるんだろう」

「……分かっています」

「まあ、ポワンポワンとしていてどこかへ飛んでいってしまいそうなアリス嬢が、俺も好きなんだけどな」

本当は、辛い思いも大変な思いもさせたくはない。安全な場所でただ、幸せに暮らしてほしい。けれどこればかりは、どうしようもなかった。

「ありがとうございます。少し気が楽になりました」

「それは良かった。俺も昔は、お前に散々弱音を吐いてきたからな。こうして弱っているお前の話を聞けて嬉しいよ」

そう言って笑うと、殿下は「そろそろ帰るか」と言い立ち上がった。今日の夜会はそもそも、顔を出すだけで良いと言われていたのだ。

そうして会場へと戻り入り口に向かう途中、見覚えのある銀色が視界に入り込んで来た。

この国に来てから何よりも嫌いになった色だ。自国に戻った後、同じ色を持つノアに優しく出来る自信がないくらいには。

「…………」

「…………」

目が合ったもののアリスがこの場にいない今、この男と関わる理由なんて何ひとつ無かった。

他人の婚約者に想いを告げるなど、到底許されることではない。それも一度ではないのだ、本来なら責め立てて大事にしてやりたいくらいだった。けれどそれをしないのは、アリスが自分を責めるのが目に見えているからだ。

「おや、グリンデルバルド様。もうお帰りですか」

けれど不意に奴の連れに声を掛けられてしまい、仕方なく足を止める。ティナヴィアの大公であるこの男性とは何度か顔を合わせたことがあり、彼はかなりの喋り好きだった。

厄介な相手に捕まってしまったと、内心溜め息を吐いた。

「もうすぐ、ウェルベザ王国に帰られると聞きましたよ」

「はい。来月末の予定です」

「おや、本当にすぐですなあ。たまに社交の場で見かける貴方を、目の保養にしていた娘達が悲しみますよ」

大公には四人の娘がおり、こういった場では何度もしつこく声を掛けられていた。俺が「そうですか」の一言しか返さなくとも、父親に似て喋り好きなのかぺらぺらと話し続けていて、かなり不快だった記憶がある。

「今はこちらのヴィンス様に、是非うちの末の娘をと勧めていたところなんです」

そんな大公の言葉にも、ヴィンス・ホールデンは無表情のまま口を閉ざしているだけで。無愛想で有名なこの男がアリスの前では笑顔を浮かべ、好きだという戯言を口にしたことを想像するだけで、苛立って仕方ない。

「とても、お似合いだと思いますよ」

そう言って笑顔を浮かべると、奴の顔も見ないまま俺は挨拶をしてその場を後にした。

たまたま近くにいた知人と会話していたらしい殿下と合流し、今度こそ会場を出て廊下を歩く。

「へえ、あれがアリス嬢に告白した公爵令息か」

隣を歩く殿下が、楽しげにそう呟いた。

「お前に負けず劣らずの良い男じゃないか。良かったな、アリス嬢の気が変わらなくて」

「……殿下」

「おい、今にも人を殺しそうな顔をするな。冗談に決まっているだろう」

「笑えない冗談は、冗談とは言えませんよ」

やがて馬車へと乗り込み、彼女が居る王城へと向かう。既に夜は深く、アリスは今頃寝ている頃だろう。

――もしもアリスが、あの男を好きになっていたら。俺は一体、どうしていたんだろうか。

アリスは俺を捨てたりなんてしない、そう分かっていても胸の奥がざわついた。やはり彼女を誰の目にも触れさせたくない、どこかに閉じ込めておきたいと思ってしまう。いつかそんな欲望に呑み込まれてしまいそうな自分が、怖かった。

早く明日の朝になればいい。彼女の顔を、一秒でも早く見たい。そんなことを一人考えながら、俺は静かに目を閉じた。

プレゼント

「アーサー様とお出掛けが出来て、嬉しいです」

「俺もだよ。それなのにこんな短時間でごめんね」

わたし達は今、町中に向かう馬車に揺られている。

先日、エマ様へのプレゼントを買いに行く予定だった日は酷い悪天候で、延期することになったのだ。そして、その代わりとなったのが今日だった。

相変わらず彼は忙しく、買い物を済ませたらすぐに王城へと戻ることになっている。そのせいかアーサー様はお昼もまともに食べていないようで、申し訳なくなった。

「わたしの我儘のせいで、すみません……」

「アリスは悪くないよ。我儘を言っているのは俺の方だ」

「…………？」

アーサー様が我儘を言っていた記憶なんて、全くない。わたしがいつも甘えて、迷惑をかけてばかりいるのだ。彼の我儘ならばむしろ、いくらでも聞きたいくらいだった。

「〜〜〜♪」

短時間と言えど、こうして二人で出掛けられるのは何よりも嬉しい。それに外に出るのは久しぶりで、つい浮かれて窓の外を見ながら歌を口ずさめば「歌声まで可愛いね」なんて言われてしまい、恥ずかしくなったわたしは慌てて口を噤んだ。

町中に着き、馬車から降りて店まで歩いて行く。行き交う人々は恋人同士らしき男女が多い。彼らの真似をして抱きつくようにアーサー様と腕を組んでみると、彼はぴたりと足を止め、驚いた表情を浮かべてわたしを見た。

「す、すみません、浮かれすぎました」

「違うんだ、ごめんね。可愛いすぎて驚いてしまっただけだから、やめないでほしい」

慌てて手を離そうとしたわたしに、アーサー様もまた慌てたようにそう言って。思わず笑みが溢れた。

腕を組んだまま再び歩き出し、やがて着いたのは大きな雑貨屋だった。店自体がとてもお洒落で可愛らしく、中へと入るだけで胸が弾む。

「素敵なお店ですね。ここでなら、すべて揃いそうです」

「すべて？」

「はい。エマ様やロバーツ家の皆様、そしてハリエット様とリリアン様にも、何か贈りたいなと思っていて……あまり余裕がないので、どれも安価な物になってしまいますが」

「俺が全部買うから、心配しなくても大丈夫だよ」

「ありがとうございます。けれどお礼の品ですから、自分で買いたいと思います」

気持ちはとてもありがたいけれど、これぱかりは自分で買いたい。そして何より、殿下とアーサー様にも先日のお礼として、何かプレゼントしたいと思っているのだ。それを本人に買ってもらっては困る。

以前、リリーに「プレゼントと言うのは、突然渡すのが一番喜ばれるのよ。サプライズよ、サプライズ」と言われたことがある。だからこそ、アーサー様の見ていない隙に買おうと思っていたのだけれど。

流石にこの店内ならば安全だと思い「少しあちらを見てきますね」とさりげなく少し離れ、一人になろうとしても「一緒に行くよ」と彼は常にぴったりわたしの後を付いてきてくれる。嬉しいけれど、このままではこっそりと買うことなどとても出来ない。

やがてアーサー様以外の方へのプレゼントは選び終え、どうしようかと頭を悩ませていた時だった。

「アリスは何か欲しいものはない？」

「わたし、ですか？」

「うん。急がせてしまったお詫びに、何か贈りたいな」

お忙しい中、こうして付いてきてくださっただけでありがたいのだ、お詫びだなんて受け取れるはずがない。

もちろん遠慮しようと思ったけれど、彼は申し訳なさそうな表情を浮かべていて。その上、一人になるチャンスだと思ったわたしは、お言葉に甘えることにした。

「あの、このリボンが欲しいです」

「もちろん良いけれど、本当にこれでいいの？」

「はい。先程から気になっていて」

プレゼントを買い終えたあと、余裕があれば自分で買おうと思っていたリボンを指差す。

お財布にも優しい値段なのにとても可愛らしいそれは、今着ているドレスにもぴったりだった。

「分かった、買ってくるよ」

「はい、ありがとうございます」

そう言って彼が会計を済ませに行った隙に、わたしはまっすぐに目的の物がある棚へと向かう。

「わあ……かわいい」

実は先程、店内ですれ違った夫婦らしき男女が、この商品について楽しそうに話していたのを耳にしたのだ。

わたしは迷わずそれを手に取ると、近くにいた店員に声を掛け急いで会計を済ませたのだった。

◇◇◇

「急がせてしまってごめんね。ウェルベザに戻るまでに、もう一度くらいこうして出掛ける時間を作るよ」

「はい、楽しみにしています」

店を出た後、すぐに馬車へ乗り込む。彼は今夜も、殿下と共に晩餐会に出席予定だそうだ。そしてアーサー様は先程買ってくれたリボンを早速、わたしの髪につけてくれた。

「アリスは、明るい色が似合うね」

「嬉しいです。ありがとうございます」

そしてわたしも先程買ったばかりのプレゼントと、昨晩のうちに書いておいた手紙を鞄から出し、彼に差し出した。

「……俺に？」

「はい。ティナヴィアに連れてきてくださったことや、先日助けてくださったこと、そしていつも一緒にいてくださることに対してのお礼の気持ちです。あっ、あとは今日こうして付き添ってくれたことも、です」

こうして口に出してみると、彼に対しての感謝が多すぎることに対して今渡したものは間違いなく、お礼としては釣り合っていない。なんだか恥ずかしくなってしまう。

それでもアーサー様はとても嬉しそうな表情を浮かべ、何度もお礼を言ってくれた。

「本当に驚いたよ、ありがとう。開けてみてもいい？」

「もちろんです」

そうして彼が袋の中から取り出したのは、小さな可愛らしい人形だった。元々ティナヴィアでは守り神として親しまれているらしく、ロバーツ家にも同じ物が飾られていた。

「実は、わたしとお揃いなんです。ペアで持っていると、ずっと一緒に居られるってお話を聞きました。その、ふ、夫婦で持つ物らしいんですけど……」

まだ結婚もしていないのに、変だっただろうか。不安に思っていると、アーサー様は宝物を扱うかのように人形をそっと袋にしまった後、わたしを抱き寄せた。

「本当にありがとう、アリス。泣きそうなくらい嬉しい」

「喜んでいただけて、良かったです」

そんな彼の言葉に、ほっと安堵する。想像していた以上に喜んでもらえて、本当に良かった。

「一生大切にする。それと手紙もありがとう、俺はアリスの字がとても好きなんだ。何度も読んだ後、返事を書くよ」

「ふふ、楽しみにしています」

同じ場所に住み毎日会っているのに、手紙のやり取りをするなんてなんだか不思議な話だ。けれどわたしもアーサー様のお手本のように美しい字が大好きで、返事を頂けるのはとても楽しみだった。

「そうだ、この人形の専用のケースを作らないと」

「えっ？　そこまでしていただかなくても……」

「万が一壊れて、一緒に居られなくなっては困るからね」

真剣な顔でそんなことを言うアーサー様に、再び笑みが溢れる。今日も彼のお蔭で幸せだと、心の底から思った。

最後に、ひとつだけ

「アリス、あまり泣かないで。君が泣いていると、どうしていいか分からなくなる」

「っすみません……泣きたく、ないんですけど……」

いくら堪えようとしても、涙が止まらない。ぽろぽろと涙を零すわたしを見て、アーサー様は困ったように微笑むと、ハンカチを差し出してくれた。

「これ、良かったら使って」

「ありがとう、ございます……」

「どういたしまして」

優しい良い香りがするそれを受け取ると、涙をそっと拭った。それでもまたすぐに、溢れてきてしまう。

ぐすぐすと泣き続けるわたしは今、エマ様への手紙を書いていた。改めて彼女への感謝を綴っていたものの、思い出を振り返るうちに涙が止まらなくなってしまったのだ。

いよいよ明後日、わたしはティナヴィア王国を出発し、自国であるウェルベザ王国へと向かうことになっている。

長いようで、あっという間だった。時折、自国が恋しくなったこともあったけれど、いざ帰るとなると寂しくて、もう少しここに居たいという気持ちが湧いてきてしまう。

「また会えるから、大丈夫だよ」

「はい……」

手紙を書くわたしの隣に座り、見守ってくれていたアーサー様は優しく背中を撫でてくれた。

なんとか手紙を書き終えたわたしは、お気に入りの封筒に入れしっかりと封をする。出発当日はバタバタしてしまうため見送りは遠慮したところ、明日エマ様とハリエット様が最後に会いにきてくれることになっていた。

ハリエット様への手紙は、既に書いてある。明日は二人の顔を見た途端、泣いてしまう気がした。

「俺は明日も朝から晩まで予定が詰まっているから、寝る前だけ会いにくるね。アリスが明日、友人達と素敵な時間を過ごせるよう祈っているよ」

「はい、ありがとうございます。アーサー様も、無理はなさらないでくださいね」

「ああ。忙しいのもあと一日なんだ、頑張るよ」

アーサー様はそう言って微笑むと、わたしの頰に軽くキスを落とし自室へと戻って行った。

一人になったわたしはベッドへと向かい、ぼふりと倒れ込む。ここで眠るのもあと二回だと思うと、ひどく寂しい。

「……本当に、帰るんだ」

先日、アーサー様と共に買いに行ったプレゼントをそれぞれに贈ったところ、皆とても喜んでくれて嬉しかったけれど。ひとつだけ、心残りがあった。

ホールデン様にも、改めてお礼を言いたかったのだ。彼には迷惑をかけてしまった上に、何度も助けていただいた。けれどお礼や手紙を贈るのも違う気がして、何も出来ずにいる。

せめて明日、ハリエット様を通して改めてお礼を伝えてもらおう。そんなことを考えながら、わたしは目を閉じた。

◇◇◇

翌朝、昨晩泣いてしまったせいで目が腫れていて、自分でも悲しくなるほどに酷い顔をしていた。化粧でなんとか誤魔化してもらい、ようやく見れるようになった気がする。

今日で二人に会うのも最後だからと、王城内の景色の良い素敵な部屋でお茶会が出来るよう、アーサー様が手配してくれていた。大きなテーブルの上には、まるで宝石のようなキラキラとしたお菓子やティーセットが並んでいる。

「アリス様、今日、は……」

予定の時間より少し早くやって来たエマ様は、わたしよりも泣き腫らしたような目をしていて。

思わずその顔を見た瞬間、抱きついてしまった。

「き、今日は泣かないと決めていたのに、アリス様のお顔を見たらやっぱり、だめでした」

やがて彼女ははらはらと泣き出してしまって、わたしもつられて泣いてしまう。そんな時に丁度やって来たハリエット様は、そんなわたしたちを見て困ったように微笑んでいた。

なんとか泣き止み、席についたわたし達は美味しいお茶とお菓子を楽しみながら、話に花を咲かせた。そして二人は必ず、ウェルベザ王国へ遊びに来てくれると約束してくれた。

「あの、実はお二人にお手紙を書いてきたんです」

「私もアリス様に、書いてきました」

「まあ、私もなんです」

忘れないうちにと二人に手紙を渡せば、なんと全員が手紙を書いて来たようで、皆で顔を見合わせて笑った。頂いた手紙は、帰りの馬車の中で大切に読ませてもらう事にした。

そしてあっという間に時間が経ち、そろそろ二人が帰る頃、わたしは気になっていたことを訊ねてみる。

「あの、ホールデン……ヴィンス様はお元気ですか？」

するとハリエット様は一瞬、少しだけ驚いたような表情を浮かべた後「はい」と頷いた。

「お蔭様で、お兄様はとても元気ですよ。今日もアリス様にお会いすると伝えたところ、羨ましそうな顔をしていました」

「その、良かったです。本当にありがとうございました、と伝えていただけませんか。ヴィンス様には何度も救われたと」

「もちろんです。必ず伝えますわ」

ハリエット様はそう言って金色の瞳を柔らかく細め、彼によく似た美しい笑みを浮かべたのだった。

◇◇◇

やがてお茶会を終え、二人を乗せた馬車が見えなくなるまで見送ったわたしは、自室へと歩き出す。やはり再び泣いてしまったけれど、また二人に会える日に向けてわたしも頑張ろうと思えた。

部屋へと向かう途中、付き添いのメイドと共に長い廊下を歩いていると、沢山の貴族らしき男性とすれ違った。どうやら今日は、王城内で大きな集まりがあるらしい。

そんな中、不意に髪を結んでいたリボンが解けはらりと床に落ちていく。アーサー様に先日買っていただいたそれはお気に入りで、あれからよく身に付けている。

すぐに拾おうと、屈んだ時だった。

わたしよりも早く誰かの手が、それを拾い上げて。どうやら、誰かが拾ってくれたらしい。

「すみません、ありがとうございま、す……」

お礼を言いながら顔を上げれば、見覚えのある金色と視線が絡んだ。それと同時に、驚いたようにその瞳が見開かれる。

「……アリス？」

やがてホールデン様は戸惑うように、そう呟いた。

最終日

「……久しぶり、だな」

「は、はい。お久しぶりです」

まさか今日ここで彼に会うなんて、思ってもみなかった。

なんとも言えない、気まずい空気が漂う。そして少しの沈黙の後、先に口を開いたのは彼の方だった。

「今日は、ハリエットと会っていたんだろう」

「はい。今ちょうど、お見送りをしてきたんです。ホールデン様は、何かお集まりに参加されるんですか？」

「ああ。これから会合があったんだが……」

そこまで言うと、彼は突然口を噤んだ。廊下には、彼の言う会合に向かっていたであろう人々の姿は、既になくなっている。きっともうすぐ始まる時刻なのだろう。

けれど彼は、この場から動こうとはしなかった。

「明日、ウェルベザに帰るのか」

「その予定です」

「……そうか」

きっと、ホールデン様と会うのはこれが最後になる。

彼との思い出は、少なくない。屋台の果物を全部買ってくれたり、一緒に空き教室に閉じ込められたり。彼の意外なお茶目な姿を見たことも、彼の弟であるハロルド様を交えて思い切り遊んだこともあった。

そんなことを思い返しているうちに、やはり寂しいと思ってしまう自分がいた。決して、口には出さないけれど。

「舞踏会の件も人伝に聞いた。力になれず、すまなかった」

「ホールデン様が謝ることでは……」

「あいつがお前を標的にしたのは、俺のせいもあるだろう」

「そんなことはありません、本当にお気になさらないでください。それに、わたしはこうして無事でしたから」

まさか、ホールデン様がそんな風に思っていたなんて。彼が気に病むことなど、何ひとつないというのに。

「お前の婚約者が全て、手を回していたとも聞いた」

「はい」

「……俺ではきっと、助けられなかっただろうな」

ホールデン様の言う通り、他の誰でもないアーサー様が居てくれたからこそ、わたしは無事でいられたのだ。本当に彼には、感謝してもしきれない。

やがてホールデン様は、手に持っていたままだったリボンを、わたしにそっと差し出した。

「すみません、ありがとうございます」

「ああ」

リボンを受け取り、改めて彼を見上げる。思い返せば彼との出会いも、床に落ちた髪飾りを拾おうとした時だった。

「実は以前にも、似たようなことがあったんです。わたしが床に落ちた髪飾りを拾おうとしたら、ホールデン様が……」

「覚えている」

「えっ？」

「あの日のことは、俺も覚えている」

──まさか彼もあの時のことを覚えていたなんて、想像すらしていなかった。ほんの一瞬の出来事だったというのに。

「そうだったんですね。その、驚きました」

「まさかこんな風になるなんて、思ってもみなかったがな」

「ふふ、わたしもです」

「……もっと早く、違う形で出会いたかった」

やがて彼は困ったように微笑み、そう言って。初めて会った時には想像もつかなかった、ひどく優しい声色や表情に胸が痛いくらいに締め付けられた。

本当に、彼は変わったと思う。

以前は髪飾りを拾おうと屈んだわたしに対して「邪魔だ、どけ」なんて言っていたのに、先程は何も言わずにリボンを拾ってくれたことが、何よりの証拠だった。

「俺はそろそろ行く。またな、アリス」

「はい、また。ホールデン様もどうかお元気で」

当たり前のように「またな」と言ってくれた彼に、また少しだけ視界が揺れる。

「あの、今まで沢山助けていただき、本当にありがとうございました。ホールデン様に出会えて、良かったです」

「……ああ、俺もだ。ありがとう」

その言葉や笑顔に、救われたような気持ちになる。

遠ざかっていくその背中を見つめながら、どうか優しい彼が幸せになりますようにと、祈らずにはいられなかった。

◇◇◇

夕食後、荷造りも寝る支度も終えてソファに座り読書をしていると、ノック音が室内に響いた。

わたしはすぐに立ち上がり、ドアへと向かう。

そこにはもちろん、アーサー様がいて。昨日ぶりに会えたことが何よりも嬉しくて、思わず笑みが溢れた。

「こんな時間になってしまって、ごめんね」

「いえ、嬉しいです。遅くまでお疲れ様でした」

「ありがとう。アリスは今日、どうだった？」

「アーサー様のお蔭で、とても楽しく過ごせました。あのお部屋、本当に素敵でした……！　ありがとうございます」

「喜んでくれたみたいで、良かったよ」

そんな会話をしながらソファへと歩みを進め、二人並んで腰掛ける。何か飲むかと訊ねたけれど、すぐに戻るから大丈夫とのことだった。

「他に何か、変わったことはあった？」

「ええと、王城内の廊下でホールデン様に偶然お会いして、お礼を伝えました」

「そうだったんだ。何も思わなかった？」

「思ったこと……あっ、わたしはアーサー様のお蔭でこうして無事でいられたんだなと、改めて思いました。本当にありがとうございます、大好きです」

そう感謝の気持ちを伝えると、アーサー様は何故か困ったように笑った。

「……アリスはずるいな」

「ずるい、ですか？」

「うん。可愛すぎて、言いたかったことが全部飛んだ」

「…………？」

そんなにも可愛いことなんて、何か言っただろうか。そして、彼が言いたかったことというのは一体、何だったのだろう。

首を傾げるわたしに、アーサー様は続けた。

「もう、この国に心残りはない？」

「はい。寂しい気持ちはありますが、もう大丈夫です。アーサー様はありませんか？」

「俺は最初からないよ。ああ、唯一あるとすれば、アリスとまた離れて暮らすことになることくらいかな」

そんなことをひどく真面目な顔をして言う彼に、再び笑みが溢れる。

「ウェルベザに帰ったら、二人でどこかへ行こうか」

「どこか、ですか？」

「ああ。どこか静かな領地で、数日間アリスと二人だけでゆっくり過ごしたいな」

「はい、喜んで」

「良かった。報告やいろいろな手続きを済ませたら、必ず時間を作るよ」

「楽しみにしていますね」

アーサー様と数日間ゆっくりと過ごせるなんて、何よりも嬉しい。彼はこの半年近くずっと忙しかったせいで、半日以上一緒にいることすらほとんどなかったのだ。

「明日も早いし、そろそろ戻るよ。また、長旅だしね」

「はい」

「アリスも、ゆっくり休んで」

ウェルベザ王国に戻るまで、また十日程の長旅になる。けれどアーサー様とずっと一緒だと思うと、やっぱり嬉しくて。その気持ちをそのまま伝えれば「可愛すぎる」なんて言って、再び抱きしめられてしまった。

やがてアーサー様を見送った後、読んでいた本を鞄にしまいベッドへと入る。そして目を閉じ、この国で出会えた大切な人達のことを思いながら、わたしはティナヴィア王国での最後の夜を過ごしたのだった。

これからも、ずっと

「いやあ、アリス嬢を見ていると私も涙が出そうになるな」

「白々しい嘘をつかないでください」

そんな殿下の言葉に対し、アーサー様は冷たくそう言ってのけた。なんだかそのやり取りがおかしくて、泣いていたわたしも思わず笑ってしまう。

ティナヴィア王国を出発して、一時間ほどが経った。行きと同じように、わたし達は三人で同じ馬車に揺られている。

出発時はなんとか涙を堪えていたけれど、馬車の中でエマ様やハリエット様から頂いた手紙を読んでいるうちに、涙が止まらなくなってしまったのだ。

隣に座るアーサー様は時折心配そうな表情を浮かべ、わたしの頭を優しく撫でてくれていた。

「あまり擦っては目が腫れてしまうから、気を付けて」

「はい、すみません……」

「何か飲む？　アリスの好きなお茶も用意してあるよ」

「ありがとうございます、あとで頂きます」

アーサー様は本当に優しすぎる。そんなわたし達を見て、殿下はひどく楽しげな笑みを浮かべていた。

「アリス嬢が指先ひとつ動かせなくなっても安心だな、アーサーが何から何までやってくれるに違いない」

「当たり前でしょう。喜んで何でもしますよ」

「えっ」

アーサー様は当たり前のようにそう言ったけれど、それは流石にわたしが良くない。気持ちは嬉しいけれど、そんなことにならないよう気を付けなければ。

「それにしても、また十日間も馬車の旅か。退屈だな」

「俺はアリスと常に一緒に居られるだけで、楽しくて仕方ないですよ。どうせ退屈なら、殿下お一人で移動されては？」

「そう冷たいことを言うな。アーサーお前、ティナヴィアに来てから私に冷たくなったな」

「俺がどれだけ、殿下に振り回されたと思ってるんです？」

「確かに」

二人のやりとりを聞いているうちに、いつの間にか涙も止まっていて。

ティナヴィアで出会った大切な人たちへと思いを馳せながら、わたしは流れていく窓の外の景色を見つめたのだった。

◇◇◇

そして、ティナヴィア王国を出発して九日目の夜。いよいよ明日、自国へ到着する。ずっと暮らしていた場所に帰るだけだというのに、なんだか落ち着かない。

アーサー様と殿下のお蔭で、今日までの移動漬けの日々も楽しく過ごせていた。ティナヴィアでは忙しかったアーサー様とずっと一緒に居られることも、嬉しかった。

なんだか寝付けず、部屋のバルコニーへ出ると「アリス？」という声がすぐ隣から聞こえてきて。

視線を移せば隣の部屋のアーサー様もまた、外へ出て景色を眺めていたようだった。

「もしかして、アリスも寝付けない？」

「はい、なんだかそわそわしてしまって」

「実は俺もなんだ。……そっちへ行っても？」

「えっ？　大丈夫、ですけど」

するとアーサー様は、ひらりとこちらのバルコニーへと飛び移った。距離が近いといえど、ここは三階なのだ。たった一瞬のことだけれど、寿命が縮まる思いがした。

「あ、危ないです……！」

「大丈夫だよ。俺はアリスが生きている間は絶対に、死ぬ訳にはいかないから」

「………？」

言葉の意味が分からず首を傾げるわたしを、アーサー様はそっと抱きしめてくれた。

「あの、部屋の中へ入りませんか？　お茶を用意します」

「ありがとう、でも俺以外には絶対、この時間にそんなことを言っては駄目だよ。いや、どんな時間でも駄目だ」

「も、もちろんです！」

慌ててそう言うと、彼はくすりと笑った。

それからはわたしが淹れたお茶を、何度も美味しいと言いながらアーサー様は飲んでくれて、小一時間程楽しくお喋りをしていたのだけれど。

だんだんと眠気が襲ってきて、目蓋が重くなってきてしまう。彼はそんなわたしを、自身の肩にもたれ掛かるようにしてくれた。

「このまま眠って大丈夫だよ。きちんとベッドに運ぶから」

「そんな、申し訳ないです」

「本当は俺が、アリスの可愛い寝顔を見たいだけなんだけどね」

彼はそう言って笑うと、そっとわたしの髪を梳いていく。その手が気持ちよくて、更に眠気が増してしまう。

「アリスもこれから、結婚式の準備で忙しくなると思う」

「はい。けれど楽しみです」

「良かった。何か困ったことがあれば絶対に、俺を頼って」

「分かりました」

今回だって、アーサー様に迷惑をかけまいと黙っていたことで、更に心配をかけてしまったのだ。今後は必ず、些細なことでも彼に相談しようと思う。

「ティナヴィアに一緒に連れて行ってくださり、本当にありがとうございました。素敵な思い出が出来ました」

「こちらこそ。半年もアリスに会えなかったら今頃、俺はおかしくなっていたかもしれない」

「ふふ、大袈裟です」

大袈裟だとは言ったものの、もしも半年も彼と会えずにいたならば、わたしだって耐えられなかったに違いない。

辛いこともあったけれど、それ以上に素敵な友人や思い出も沢山できた、充実した半年間だった。

「……わたしもいつか、アーサー様の助けになりたいです」

「ううん。俺は十分、過去にアリスに助けてもらったから。むしろアリスが側にいてくれるだけで、俺は救われてるよ。これからも一生をかけて、アリスを幸せにする」

「一生、ですか？」

「うん。俺は死ぬまで、アリスの為だけに生きていくよ」

「ふふ、そうしたらわたしは一生、幸せですね」

これから先もきっと、わたしには幸せな日々が待っているのだろう。アーサー様が側にいてくれるだけで、幸せなのだから。

そっと目を閉じれば、柔らかな眠気が襲ってくる。

「……おやすみ、アリス。愛してる」

そんな彼の優しい声を聞きながら、わたしは幸せな気持ちのまま、眠りについたのだった。

書き下ろし番外編

どうか、いつまでも

「えっ、ハンクス様が？」

「はい、そうなんです……」

エマ様は顔を赤らめながら頷くと、やがて照れたように両手で頬を覆った。そのあまりに可愛らしい様子に、胸がきゅんと締め付けられる。

体育祭の優勝賞品として開かれるパーティーまで、あと数日。そこでは卒業パーティーのように最後に一曲だけ、ダンスをする時間があるらしい。そしてそこで踊ってくれないかと、ハンクス様にお誘いをされたらしいのだ。

彼はいつもホールデン様と一緒にいるご友人のお一人で、侯爵家の令息でもある。体育祭の日からよく話をしているのを見かけていたけれど、まさかそんな話になっていたなんて。

「その、もちろん深い意味がないことはわかっているんです。それでも、戸惑ってしまって」

「そうでしょうか」

事前に声を掛けることは、よくあることらしい。それでも、何の興味もない相手をわざわざ誘うとは思えなかった。多少なりとも好意を抱いているのではないかと思ってしまう。

「返事はもうされたんですか？」

「いいえ……あまりに驚いてしまって、後日お返事をすると言って逃げてきてしまって」

「えっ」

「う、嬉しかったんです。ハンクス様はとても素敵な方ですから。それなのに、私……」

今にも泣き出しそうな表情を浮かべるエマ様に、慌てて「大丈夫ですよ」と声を掛ける。こうして男性にお誘いされるのも久しぶりだったようで、本当に動揺してしまったらしい。

「明日、お返事をすれば絶対に大丈夫ですよ」

「ありがとうございます。そうします……」

エマ様は少しほっとしたような表情を浮かべ、微笑んだ。体育祭で、彼の勇姿を見て素敵だと呟いていたことを、わたしは知っている。

どうか二人が素敵な時間を過ごせますようにと、心の中で祈った。

◇◇◇

翌日の昼休み、エマ様はわたしの隣で頭を抱えていた。アカデミーに登校後、ハンクス様に話しかけるタイミングをずっと窺っているものの、常に彼は人に囲まれていて、なかなか声を掛けられずにいるようで。最近はずっとわたし以外に話しかけると言うことをしていなかったせいか、余計に難しく思えているようだった。

「良ければ、わたしがハンクス様をお呼びしましょうか？」

「アリス様が、ですか？」

「はい。お隣の空き教室でお話できないか、聞いてみます」

「すみません、ありがとうございます……！」

エマ様は何度もお礼を言うと「先に行って待っています」と空き教室へと向かった。そんな彼女を見送ってすぐ、わたしはハンクス様の下へと向かう。

彼は男子生徒数人で話をしており、この状況でダンスのお返事をしたいと声をかけに行くのは、とても緊張してしまうに違いない。わたしも正直少しは緊張するけれど、大好きなエマ様のためを思えばこれくらい大したことはなかった。

「あの、ハンクス様」

そうして声を掛けると、彼の隣に腰掛けていたホールデン様もまた、わたしへと視線を向けた。

「少しだけお時間よろしいでしょうか？」

「はい、大丈夫ですよ」

「ありがとうございます。良ければ、隣の空き教室に来ていただけませんか」

すると何故か、ホールデン様の口からは「は」と言う言葉が漏れた。

「二人で話をするのか」

「は、はい」

「俺には断っただろう」

「えっ？」

何故か不満そうな様子のホールデン様に戸惑っていたわたしは、やがて主語が抜けてしまっていたことに気が付いた。

「す、すみません、お話をするのは、わたしではなくてエマ様でして……」

そう告げると、ハンクス様は「ああ」と納得した様子で。少しだけ照れたような表情を浮かべると、彼はすぐにエマ様が待つ空き教室へと向かった。エマ様が無事に返事ができるよう祈りつつ、視線をホールデン様へと戻せば、彼は何故か顔を赤らめ片手で口元を覆っていた。

「……すまない」

「ホールデン様？」

「早とちり、した」

そう言われて初めて、彼の先程の態度の意味を理解した。以前わたしは彼に二人で話をできないかと声を掛けられた際、婚約者がいるからと断ったのだ。それなのに今、自分からハンクス様に声を掛けたことに疑問を抱いたのだろう。

「わたしこそ、言葉足らずですみません」

「いや、俺が悪い」

彼はそう言うと、小さくため息を吐いた。

「ダンスの誘いの話か？」

「そうみたいです」

「そうか」

それから少しの間、ホールデン様は何か言いたげにしていたけれど。なんとも言えない無言が続き、わたしは「失礼します」とその場を後にしたのだった。

◇◇◇

そしてパーティー当日。無事にハンクス様に返事をしたエマ様は、気合を入れて支度をしていて。

その姿は同性でも見惚れてしまうくらい、綺麗だった。

わたしもアーサー様に以前頂いたお気に入りのドレスを着て、髪をまとめてもらっている。毎日のように顔を合わせているクラスメート達ももちろん普段とは違う装いで、なんだか新鮮だった。

「アリス様、こちらはいかがですか」

「ありがとうございます」

パーティーには体育祭を欠席したマルヴィナ様、そして先日声を掛けて来た令嬢達の姿はなく、とても平和に楽しく過ごすことができた。


やがてダンスの時間になり、エマ様の下へとハンクス様がやって来たのを見届けると、踊るつもりがないわたしはそそくさとバルコニーへと向かう。

するとちょうど少し離れた隣のバルコニーに、ホールデン様が出てきたところで。彼もわたしの存在に気が付いたらしく、金色の瞳と視線が絡んだ。

「お前も抜けてきたのか」

「ええ、ダンスは苦手で」

アーサー様以外の方と、踊るつもりはなかった。きっと彼の方は女性が苦手なこともあり、こうして抜け出してきたのだろう。

冷たい夜風が、頬をするりと撫でていく。夜のアカデミーは初めてだけれど、ここから見える景色はとても綺麗だった。

「少しは楽しめたか」

「はい、とても。ホールデン様のお蔭です。ありがとうございます」

「お前も頑張っていただろう」

あんな結果しか残せなかったわたしに、そんな風に言ってくれるなんて。やはり彼は優しいなと思ってしまう。優勝できたのは間違いなく、彼の活躍があったからこそだ。

「今日も、いい思い出になりました」

「そうか」

この国で過ごす時間も、本当にあと少しだ。そんな中で、こうして思い出が増えていくのは嬉しくもあり、寂しくもあった。

「本当に、ホールデン様にはいつも助けられてばかりで……何かお礼が出来たらいいのですが」

とは言え、わたしが彼にできることなど、こうしてお礼を言うことくらいしか思いつかない。そんなわたしを見て、彼はほんの少しだけ眉尻を下げた。

「……忘れないで、いてくれればいい」

「えっ？」

「この国でのことを、アリスに少しでも覚えていてほしい」

そんなことが、彼にとってのお礼になるのだろうか。不思議に思ったけれど、彼の表情はとても真剣なもので。わたしは深く頷くと、笑顔を向けた。

「はい、もちろんです。絶対に、忘れません」

そう答えれば、ホールデン様は蜂蜜色の瞳を柔らかく細め「ありがとう」と薄く微笑んだ。

書き下ろし番外編

あの、私に甘えてくれませんか!?

「アリス、辛くはない？」

「はい、大丈夫です」

グリンデルバルド公爵家の馬車に揺られながら、わたしの隣に座るアーサー様は「良かった」と安堵したように微笑んだ。

ティナヴィア王国から自国へと戻ってきて一週間が経った今日。先日の約束通り三泊四日、わたしはアーサー様と共に公爵家の領地で過ごすことになっている。

向こうでの彼は本当に忙しく、二人で一日ゆっくり過ごすこともままならなかったのだ。だからこそ、数日間もずっと一緒にいられるなんて夢みたいで。この旅行が本当に楽しみで仕方なかったわたしは、まるで子供のように目が冴えてしまい、昨晩はあまり眠れなかった。

「散々移動続きだったのに、また移動ばかりでごめんね」

「そんな、謝らないでください。それにアーサー様と一緒なら、辛いどころか嬉しいです」

そう素直な気持ちを伝えると、彼は柔らかく目を細めた。

「俺も同じことを思っていたから、嬉しいよ」

「ふふ、良かったです。実はクッキーを焼いてきたので、お腹が空いたら教えてくださいね」

「ありがとう、アリス」

近くには街もあり、自然も豊かなのだという。どんなことをして過ごそうかと話しているだけで、楽しくて仕方がない。自分でも、ひどく浮かれてしまっている自覚はあった。

そうして半日ほど馬車に揺られ、やがて着いたのは沢山の木々に囲まれた大きなお屋敷だった。

アーサー様はここに来る前に「ここの領地の屋敷は小さいんだ、ごめんね」なんて言っていたけれど、全くそんなことはない。他が大きすぎるのだ。

庭だって驚くほど広く、綺麗に手入れされている。後で少し散歩してみたいと言えば「もちろん」と返してくれた。

屋敷の中へと入ると、大勢の使用人達が手厚く出迎えてくれた。そしてわたし達の荷物を部屋へと運び、簡単な屋敷の内の案内をしてくれる。どの部屋も、普段使われていないのがもったいないくらい、本当に素敵だった。

やがて広間へと案内されお茶の用意をすると、メイド達はあっという間に姿が見えなくなった。

公爵家でも以前連れて行っていただいた他の領地でも、常に何人も側に控えていた記憶がある。

どうしてだろうと不思議に思っていると、アーサー様はわたしの紅茶に角砂糖をそっと落とした。

「実は今回の旅行中、使用人達には必要最低限の仕事しかさせずに、基本は離れで待機しておくよう言ってあるんだ」

「そうなんですか？」

「ああ。呼べばすぐ来ることになっているから、安心して。それにこの三日間は俺が何でもするから、気軽に言ってほしいな」

「……………？」

アーサー様の言葉に、余計に疑問が膨らんだ。どうして使用人を離れに下がらせてまで、アーサー様が自ら何かをする必要があるのだろうか。

そんな疑問が顔に出てしまっていたのだろう。アーサー様は眉尻を下げて困ったように微笑んだ。

「ごめんね。とにかくアリスと、二人きりになりたかったんだ」

予想もしていなかったその理由に、心臓が大きく跳ねた。以前から彼は、二人きりになりたいといつも言ってくれていた記憶がある。

「謝らないでください、嬉しいです」

「本当に？」

「はい。わたしも何でもするので、言ってくださいね」

わたしも、身の回りのことは大体自分で出来る。むしろ、子供の頃から我がコールマン家には使用人が少なかったせいで、他の貴族令嬢よりもずっと、出来ることは多い自信があった。だからこそ、そう言ったのだけれど。

「俺の前で、何でもするなんて言っては駄目だよ」

「えっ？」

「悪いことを考えてしまいそうになる」

戸惑うわたしの頬に触れると、アーサー様は蕩けそうなくらいに甘い笑みを浮かべた。

「この三日間は、俺に甘えて何でも頼ってね」

今までだって十分過ぎるほどアーサー様に甘え、頼ってしまっているというのに。これ以上なんて、と思ったわたしは、ふとひとつの考えが頭を過った。

ずっと、彼には日頃お世話になっているお礼をしたいと思っていたのだ。それにティナヴィアでの多忙な日々の疲れだってまだ、取れていないに違いない。

この三日間は、アーサー様にとって疲れを取るような、そんな穏やかな時間にしてもらいたい。

「あの、アーサー様」

「どうかした？」

変わらずに穏やかな笑みを浮かべている彼の手を取ると、わたしは意を決して口を開いた。

「……この三日間は、アーサー様がわたしにその、甘えてくれませんか？」

つい照れてしまいながらもそう言えば、彼の碧眼はひどく驚いたように見開かれたのだった。

◇◇◇

「本当に、わたしが作ったものでいいんですか？」

「うん」

「絶対に、シェフの方が作ったものの方が……」

「アリスの作ったものが食べたいんだ。駄目かな？」

アーサー様はそう言うと、わたしの髪の毛先を指でくるくると搦《から》め取りながら、上目遣いでこちらを見てくる。そんな風に言われて断れるはずなんてなく、わたしは小さく頷いた。

先ほど甘えてくれませんかという宣言をした後、アーサー様は驚いた様子を見せていたけれど、やがて『本当に、アリスに甘えていいの？』と躊躇いがちにわたしの手を握り返してくれたのだ。

『アーサー様には沢山お世話になっていますから。わたしが出来ることなら、何でもします』

『……嬉しすぎて、二度とここから帰れないかもしれない』

『ふふ、大袈裟です』

そんな会話をして、今に至る。とにかく彼をとことん甘やかし、休ませてあげたい。

そんな中で早速、アーサー様はわたしの手作りの食事が食べたいと言ってくれた。わたしに作れるものなど限られているけれど、そんな気持ちに応えるべく頑張って作ることにした。

「ねえ、俺がやってみてもいい？」

「えっ？」

「ひとつに纏《まと》めるんだよね？」

「そう、ですけど……」

料理をする際に邪魔だと思い髪を一つに纏めて結おうとしたところ、アーサー様が突然そう言い出したのだ。戸惑いながらも頷けば、彼はやっぱり嬉しそうに笑った。

「じゃあ、ここに座って」

「は、はい」

言われるがままアーサー様の隣に座り、背を向ける。彼にこうして背中を向けるなんて、なんだか変な感じがする。

そして髪を結うための髪紐を渡せば、彼はそっとわたしの髪を持ち上げて手ぐしで纏め始めた。

メイド達にやってもらう時とは違い、なんだかくすぐったくて落ち着かない。

「アリスの髪は、柔らかくて綺麗だね」

「そう、ですか？」

「初めて見た時から、ずっと綺麗だと思ってたんだ」

そんなこと、初めて聞いた。嬉しい気持ちと、恥ずかしい気持ちで顔が熱くなっていく。

「はい、出来たよ」

「あ、ありがとうございます」

「アリスはどんな髪型も似合うね。かわいい」

近くにあった鏡へと視線を向ければ、わたしが自分でやるよりもずっと綺麗に纏められていた。

甘すぎる空気のせいで心臓が早鐘を打ち、落ち着かない気持ちになったわたしは逃げるように厨房へと向かう。

アーサー様を甘やかすなんて偉そうなことを言ったものの、このままではいつものようにわたしが甘やかされて終わりそうだ。果たしてあと三日も、この調子で心臓が持つのだろうか。

「……ちゃんと、アーサー様を甘やかさないと」

一人そう呟くと、わたしは借りたエプロンを身に付け気合を入れたのだった。


簡単なものばかりだけれど、なんとか数品作り終えることができた。以前、彼にサンドイッチやスープを作った後、もっと色々作れるようになりたいと思いハンナと練習しておいたのだ。

「とても美味しい。アリスはすごいね」

「本当ですか？　良かったです」

「うん。世界で一番美味しいよ」

温かいうちにと早速二人でテーブルを挟んで座り、食事を始めた。間違いなく彼が普段食べているような料理には程遠いけれど、アーサー様は何度も美味しいと言って食べてくれて。胸がいっぱいに満たされていくような、とても幸せな気分になる。

「好きな男性に手作りの料理を美味しいと食べていただけるのって、こんなにも嬉しいんですね」

これからも練習してもっと美味しく作れるようになりたいです、と言うと、アーサー様は口元を片手で覆った。その顔は何故か、赤いように見える。

「アーサー様？」

「……好きな男性って言葉、新鮮だった」

「えっ」

まさかそんな何気ない言葉に彼が照れるなんて、思ってもみなかった。こちらまで、恥ずかしくなってしまう。ひどく落ち着かない、けれど幸せな沈黙がしばらく続いた。

「……俺も今度、料理をしてみようかな」

「アーサー様がですか？」

「うん。アリスの為に何か作りたいと思って」

アーサー様のことだから、あっという間にわたしよりもずっと、美味しい料理を作れるようになってしまう気がする。彼はいつだって、何でもさらりとこなしてしまうのだから。

「はい、楽しみにしていますね」

「頑張るよ」

……そして数ヶ月後、少しだけ練習してみたんだという彼によって、料理人顔負けの料理が振る舞われることを、この時のわたしはまだ知らない。

◇◇◇

遅めの昼食を終えた後は、二人で庭に出て軽く散歩をした。木々に生い茂る葉は赤や黄色に色付いており、風は少しだけ冷たい。彼と過ごす、二度目の秋だ。

広い庭を、手を繋いでゆっくりと歩いていく。春や夏は珍しい花も沢山咲いているんだと、アーサー様は教えてくれた。

「ここの庭は、母が好きなんだ」

「そうなんですね」

「今でも年に一度は、父と来ているんじゃないかな」

アーサー様から話を聞いている限り、公爵夫妻はとても仲が良いようだった。だからこそアーサー様も気を利かせて、二人きりで旅行や視察に行くよう勧めたりもするんだとか。

「お二人は、とても素敵ですね」

「そうだね。アリスと、そんな風になれたらなと思うよ」

「はい。わたしもなりたいです」

アーサー様となら、きっとお二人のようになれる。そんな自信があった。

それからは、わたしが寝泊りする部屋のソファに並んで座り、他愛無い話をしていたのだけれど。

ほんの少しだけ、アーサー様が眠そうにしていることに気が付いた。

きっと彼のことだ、この旅行のために予定を詰め、頑張って時間を作ってくれたに違いない。

「アーサー様、もしかして眠いですか？」

「……ごめんね。アリスとせっかく一緒にいるというのに、最低だ。本当にごめん」

「あ、謝らないでください」

わたしなんて、過去に何度も彼と一緒にいる時に眠ってしまっているのだ。わたしのことは気にせず少し昼寝をしてみてはどうかと言ってみたけれど、時間が勿体ないなんて言われてしまった。

どうしたら彼が休んでくれるだろうとしばらく考えた末、わたしは自身の太ももの辺りに手のひらを向けると「あの、良かったらどうぞ」と声をかけた。

するとアーサー様は、驚いたように二つの碧眼を見開いた。

「……本当に？」

「はい」

「俺が浮かれて、勘違いしているとかではなく？」

「本当に、良ければですが」

「断るはずなんてないよ。嬉しい」

アーサー様は「ありがとう、甘えさせてもらうね」と言うと、ソファに横たわりわたしの膝の上に頭を乗せた。自分で言い出したこととは言え、その温かさと重みに恥ずかしくて落ち着かない気分になってしまう。

けれどわたしがそわそわしていては、アーサー様も落ち着いて眠れないだろう。しっかりしなければと自身に言い聞かせ、小さく深呼吸をする。

「どうですか？　眠れそうですか？」

「うん。人生で一番いい夢を見れそうだ」

そんな言葉に、思わず笑みが溢れた。やっぱり彼は、今日も大袈裟だ。

「柔らかくて、良い匂いがする」

「アーサー様もいつも、良い香りがしますよ」

「昔から気に入ってる香水をずっと使っているんだ。良かったら、今度贈るよ」

「本当ですか？　ありがとうございます」

お揃いの香りだなんて、とても嬉しい。そう思いながら、柔らかな金髪を撫でてみる。すると彼はくすぐったそうに目を細め、やがてゆっくりと目を閉じた。

「おやすみなさい、アーサー様」

やがてすぐに、規則正しい寝息が聞こえてきた。余程、疲れが溜まっていたのだろう。

初めて見た彼の寝顔は、驚くほどに綺麗でつい見惚れてしまう。けれど少し、あどけなさも残っている。以前、吹雪に見舞われて一緒に眠った時には彼の先に眠り彼の後に起きたせいで、寝顔を見ることができなかったのだ。

「……かわいい」

そうして見つめているうちに、昨晩は浮かれてあまり眠れなかったせいか眠たくなってきてしまって。ソファに背を預け、わたしもまた夢の中へと落ちていった。

◇◇◇

「目が覚めた？」

ゆっくりと目蓋を開ければ、そんな声が耳に届いた。どうやらわたしはアーサー様の肩に頭を乗せ、もたれかかるようにして眠っていたようだった。

わたしが彼に膝枕をしていたはずなのに、いつの間にこの体勢になっていたのだろうか。

気が付けばもう、窓の外は赤く染まっていた。時計へと視線を移せば、かなりの時間眠ってしまっていたようで。

「すみません、いつから起きていたんですか？」

「少し前だよ。可愛いアリスの寝顔を見てた」

「絶対、変な顔をしていました……！」

「そんなことはないよ、天使みたいに可愛かった」

アーサー様の目にはどんな風に見えているのだろうかと、いつも気になってしまう。わたしが自身を鏡で見る姿よりもずっと、綺麗に映っていそうだ。

「ちゃんと、眠れましたか？」

「もちろん。夜に眠れるか心配になってしまうくらいだよ」

「ふふ、わたしもです」

「本当にありがとう。そろそろ夕食の時間だから、行こうか」

差し出された彼の手を取って、部屋を出る。階段を降りていき、たどり着いた食堂のテーブルの上には、出来立ての豪華な料理が所狭しと並んでいた。タイミングが良すぎることに驚きつつ、向かい合って座る。

この屋敷に来てからというもの、他の人の姿が全く見えないせいで、本当にわたし達二人しかいないような錯覚を覚えてしまう。

「一生、こんな生活が出来たらいいのに」

そう呟いたアーサー様に頷き、軽くグラスを合わせた。


その後はメイドの手伝いはいらないと伝え、一人でゆっくりお風呂に入った。そして寝る支度を済ませた後は、広間でアーサー様にチェスを教えてもらうことになった。

ティナヴィアで一度アーサー様と殿下が対戦しているのを見て、やってみたいと思っていたのだ。本を読んで独学でルールを覚えてみたものの、いざやってみると全く思うようにいかない。

アーサー様は誰よりも得意らしく、殿下は「アーサーとやってもつまらん」と言っていて。それに対してアーサー様も「俺もです。もっと練習してから挑んできてくれませんか？」なんて返し、

余計に殿下を怒らせていた記憶がある。

「すみません、アーサー様はわたしなんか相手にしても、面白くないですよね」

「そんなことはないよ。むしろ他の誰とやるよりも、楽しいなと思っていたくらいだ」

「本当ですか？　こんなにも下手なのに」

「アリスがどこに置こうか悩んだり、いい手が思いついたのか嬉しそうにしたり、百面相をしているのがあまりにも可愛くて」

そう言って、彼はおかしそうに笑った。

そんなにも顔に出てしまっていたとは思わず、恥ずかしくなる。けれど、アーサー様が退屈していないのなら良かった。

「アリスは楽しい？」

「はい、とても。もっと上手くなりたいです」

「良かった。俺で良ければいくらでも教えるよ」

結局、昼間にたくさん昼寝をしたせいでなかなか眠たくならず、夜遅くまで熱中してしまって。

翌朝メイドが起こしに来ないのをいいことに、わたしは思い切り寝坊してしまったのだった。

◇◇◇

二日目の朝。間違いなく寝坊してしまったわたしは、慌てて身支度を整えて部屋を出た。

そうして広間へと行けば、今日も朝から爽やかなアーサー様はコーヒーを飲みながら読書をしていたようだった。そんな姿も絵になっている。

「すみません、寝過ぎてしまって……」

「大丈夫だよ、ゆっくり休めたようで良かった。俺もさっき起きたばかりなんだ。むしろ昨晩は、遅くまで付き合わせてしまってごめんね」

ついさっき起きたようには、とても見えない。わたしに気を遣ってくれているのだろう。

それからは二人で少し遅めの朝食をとり、今日は何をしようかと話をしていた時だった。執事によって客人の来訪を知らされたアーサー様は「嫌な予感がする」と言って。

それと同時にドアが思い切り開き、中へと入ってきたのはなんとノア様とライリー様だった。

「やっほー！　アーサー、アリスちゃん、久しぶり！」

「よ、元気してたか？」

突然の二人の登場にわたしは驚きを隠せず、フォーク片手に固まってしまう。隣にいたアーサー様もまた同じようで、彼はやがて深い溜め息を吐いた。

「どうしてお前達がここにいるんだ」

「一昨日の夜会で、公爵様に会ってさ。帰国したのは知ってたし、そろそろアーサーに会いたいですって話をしたら、ここにいるから遊びに行ってはどうかって教えてくれたんだ」

「で、俺らも最近は忙しかったし、たまには息抜きしてもいいよなってことで来ちゃった」

二人のそんな言葉に、アーサー様は「お前が来ちゃった、なんて言っても可愛くない」と言い、二度目の溜め息を吐く。

「一昨日なら、先に知らせることくらい出来ただろう」

「サプライズだよ、サプライズ。それにしても、アリスちゃんも本当に久しぶりだね。相変わらず可愛い、ドキドキしちゃった」

「口説くな」

「アーサーは相変わらず、アリスちゃんに関して心が狭いね。安心したよ」

ライリー様は、子供みたいに笑っている。ノア様はと言うと、アーサー様とは反対側のわたしの隣に腰掛けて。するとすかさず、アーサー様が間に入った。

「アリスちゃん、俺達もお邪魔して大丈夫？」

「はい、わたしは大丈夫です」

「良かった、ありがとう」

アーサー様のご友人と言えど、わたしにも二人には良くしてくださっていて大好きだった。

「ってことでアーサー、今日は泊めてくれよな？　明日の朝には帰るからさ」

「……アリスの為だからな」

「やった！　なんだか去年の夏期休暇を思い出すね」

去年の夏、グリンデルバルド家の領地にて、四人で過ごしたことを思い出す。わたしにとって、大切な思い出だ。彼に初めて好きだと言われたのも、彼への思いを自覚したのも、そしてそれを伝えたのも、その時だった。

「今、使用人を呼んで空いている部屋に案内をさせる」

「おう、ありがとな」

「ああ」

アーサー様も、内心では二人に会えてとても嬉しいに違いない。二人きりではなくなってしまったけれど、今日も素敵な日になるだろうという確信があった。

◇◇◇

「えー、そんな感じなんだね。僕もティナヴィア王国に行ってみたかった。次は誘って」

「俺も久しぶりに他国に旅行、行きたいな」

二人の荷物を運んだ後、わたし達は広間でテーブルを囲んだ。彼らとも卒業後、半年近く会っていなかったのだ。お互いに積もる話もあるだろうと、まずはゆっくり話をすることにした。

ティナヴィア王国でのことを掻い摘んで話せば、二人はとても興味があるようだった。

「アーサーはなんだか、あんまり楽しくなかった感じ？」

「わたしと違って、アーサー様はずっとお忙しかったので……」

「なるほど。それはつまんないだろうね」

「アリスちゃんは確か、向こうのアカデミーに通ってたんだよね？　どうだった？」

「とても楽しかったですし、勉強にもなりました」

もちろん辛いこともあったけれど、今は通えて良かったと心から思っている。ハリエット様やリリアン様など、素敵な友人にも出会えたのだから。

「でも、よくアーサーがアリスちゃんを一人でアカデミーに通わせることを許可したよな。お前も大人になったんだな」

「余計なお世話だ」

「とか言って、こっそり監視をつけていたりしてな」

「あはは、アーサーならやりそう」

ライリー様はアーサー様の肩をつん、と人差し指でつつき「いや、突っ込んでよ」なんて言って笑っている。

「でも、二人が変わらなくて安心したよ。半年後には結婚式なんだろう？　楽しみだな」

「はい、ありがとうございます。お二人はどうですか？」

「僕もノアも、変わりはないよ。実は婚約すら決まってないいんだよね」

「ああ。お蔭で気楽ではあるけどな」

「ね。だから今のうちに、目一杯遊んでおかないと。ってことで昼を食べたら、外に行こうよ。運命の出会いがあるかもしれないし」

そんなライリー様の一言で、午後は近くの街へと行くことになった。

◇◇◇

昼食を食べ終えた後は、四人で馬車に揺られ街へと向かった。ものの数分で到着し、歩いても行けたねと顔を見合わせて笑いながら大通りを歩いていく。美しく優しい街並みに、胸が弾む。

二人は気を遣ってくれたようで、まずは別行動をしようと言ってくれて。二時間後にこの近くのカフェで合流する約束をして別れた。

それからはアーサー様と手を繋ぎ、町中を見て歩いた。気になったお店に入ってみたり、屋台の温かい飲み物を買ったり。そんなありふれたデートが、楽しくて仕方ない。

やがて歩いているうちに見つけたベンチで、飲み物を片手に少し休もうと並んで座った。

「温かくて美味しいですね。なんだか懐かしい味がします」

「うん、そうだね。ティナヴィアの料理に慣れてしまったせいか、ウェルベザの食事が新鮮に感じる時があるよ」

「ふふ、わかります。半年もいたんですもの」

実はわたしも、全く同じことを思っていたのだ。隣国を離れてからまだ二週間ほどしか経っていないというのに、ふとした瞬間に思い出しては恋しくなってしまう。

「他の国にも、いつか一緒に行こうか」

「はい、喜んで」

「新婚旅行として行くのもいいね」

「とても素敵です……！　楽しみにしていますね」

またひとつ、楽しみが出来て嬉しくなる。お互いの小指を絡めて約束をすると、それからは再び町中を見て回った。

ふと入った雑貨屋では、店員の女性に「素敵なご夫婦ですね」と声を掛けられた。「ええ、そうでしょう」なんて返事をしたアーサー様は、そのままその店で沢山の買い物をしていて。それほど嬉しかったのかと思うと、愛しくて仕方なかった。

その後、約束の時間になり待ち合わせのカフェへと入ると、すでにノア様とライリー様の姿があった。少し休んでいこうと言うことになり、それぞれ飲み物を注文する。昼食を食べたばかりでお腹は空いていなかったけれど、この街の特産物を使ったケーキが気になってしまう。

「それ、気になるの？」

「はい、でも食べ切れる気がしなくて……」

「それなら、俺と一緒に食べよう。注文するね」

そんな優しさと気遣いに、またときめいてしまう。

「あの、食い意地が張っていると思いましたか……？」

「まさか。かわいいなと思ったよ。アリスに見つめられるメニューが羨ましくなるくらい」

するとわたし達の会話を聞いていたライリー様は、手に持っていたもう一方のメニューをそっと元の位置に戻した。

「何この空気、甘すぎない？　実は僕もケーキ食べようかなって悩んでたけど、アーサーのせいでお腹いっぱいになっちゃった」

「わかる」

それからは二人に茶化されながら、注文した品を待っていた時だった。

「アーサー様……？」

　そんな声に顔を上げれば、ゆるやかに巻かれた栗色の髪を靡かせた美しい貴族令嬢が、真っ直ぐにアーサー様を見つめていて。

「……イライザ？」

「はい、そうです！　覚えていてくださったんですね」

　彼女は嬉しそうにアーサー様に駆け寄ると、その手を取った。

　目の前に座るノア様とライリー様が、ひどく気まずそうな表情を浮かべわたしを見ていて。なんだか、既視感のある状況だと思ってしまう。

　アーサー様がするりとその手を引き抜くと、彼女は眉を顰《ひそ》めた。

「ええと、そちらは？」

「彼女はこの近くのデイトン辺境伯領の令嬢で、昔からの知人なんだ」

「はい、お初にお目にかかります。イライザ・デイトンと申します」

　ふわりと微笑んだ後、彼女は「知人だなんて酷いですわ。仲が良いと私は思っていたのに」と軽く頬を膨らませた。彼女がアーサー様に対して好意があるのは、誰が見ても明らかだった。

「少しだけでもお話できませんか？　ずっとお忙しいと言って、会ってくれなかったでしょう？アーサー様にお会いしたと知れば、お父様も喜びます」

「すまない、今は婚約者や友人と一緒なんだ」

「ほんの少しですから。それに先日、公爵様にも偶然お会いしたんですよ。お父様とも最近、お仕事のお付き合いが多いようで」

どうやら、彼女とは家族ぐるみの付き合いがあるらしい。アーサー様も強くは出られないとわかった上で、そう言っているに違いない。そんな彼女はやがて、わたしへと視線を移した。

品定めするような目つきでじろりと見た後、彼女は勝ち誇ったような笑みを浮かべて。

「少しだけお借りしても、よろしいですよね？」

「……すみません、嫌です」

そう答えれば、彼女だけでなくアーサー様もまた、驚いたような表情を浮かべていたけれど。すぐに、その唇は美しい弧を描いた。

「可愛い婚約者がこう言ってくれているんだ、また今度にしてくれないか」

「……わかりました」

不服そうな表情を浮かべながらも、彼女は豪華なドレスを翻《ひるがえ》し去っていく。

やがてその姿が見えなくなっても、心臓はまだ早鐘を打ち続けていた。彼女はわたしよりも身分だって高く、ああいった高圧的な態度は昔から何よりも苦手なのだ。正直、かなり緊張した。

それでも、あの時とは違いはっきりと「嫌だ」と言えたことで、少しだけ安堵もしていた。

「アーサー、すっごいだらしない顔してる」

「えっ？」

そんなライリー様の言葉を受けて隣に座るアーサー様へと視線を向ければ、その顔は少しだけ赤く、彼は右手で口元を覆っていた。

「……嬉しくない訳がないだろう」

「そうだよねえ。アリスちゃんも昔は、泣きそうな顔で俯いてるだけだったのに」

二人は良いものを見たなんて言い、うんうんと頷いている。

「ありがとう、アリス。助かったよ。それに、嬉しかった」

「い、いえ。良かったです」

「好きだよ」

「なあ、俺らがいることも忘れてない？」

それからは再び楽しい時間を過ごし、今度は歩いて屋敷へと戻ったのだった。

◇◇◇

街から戻った後は、四人でチェスをして遊んだ。なんとノア様はチェスが苦手らしく、わたしといい勝負でかなり燃えてしまった。ライリー様はというと、アーサー様と互角のハイレベルな戦いを繰り広げていた。熱中しているうちに夕食の時間となり、例の如くいつの間にか用意されていた豪華な料理が並ぶテーブルを、四人で囲んだのだけれど。

「この屋敷に来てから思ったんだけどさ、怖くない？」

「何がですか？」

「だって基本誰もいないじゃん、僕たち以外。なのにいつの間にか片付けはされてるし、食事はできてるし。怖いんだけど」

「それ、俺も思ってた」

ノア様とライリー様は「怖いよね」と顔を見合わせた。当たり前の反応だとは思う。

「使用人は離れに控えさせているから、困ったことがあればすぐに呼べばいい」

そんなアーサー様の言葉に、二人は「変なの」と首を傾げていた。

夕食を終えて広間でのんびりとしていると、アーサー様宛に急ぎの連絡が入ったらしく、彼は何度も謝罪の言葉を口にした後、席をはずした。その相変わらずの忙しさに、胸が痛む。

それからはノア様とライリー様と、広間でお茶を飲みながらのんびりと話をしていた。とは言え、ライリー様が「僕もやってみたい」と言い淹れてくださったお茶は、ほぼお湯だったけれど。

「本当に書類仕事が嫌いなんだよね。すぐ眠たくなるし、頭も痛くなる」

「わかる、俺も無理。一時間が限界」

お二人も卒業後は本当に忙しいらしく、学生時代の気楽さが懐かしいとため息をついていた。

「アリスちゃんは何か、悩みとかないの？」

「悩み、ですか？」

「うん、どんなことでも良いよ。僕たちで良ければ相談に乗るからさ。アーサーには言いづらいことだって、色々とあるだろうし」

「うんうん、何でも言ってみ」

相変わらず優しい二人に感動しつつ折角の機会だからと、わたしは今朝から悩んでいたことを相談してみることにした。

「実はこの旅行中、アーサー様を目一杯甘やかして、ゆっくりしていただきたいと思ってるんです。どうするのが男性は一番、嬉しいんでしょうか？」

恐る恐るそう訊ねると、二人はきょとんとした表情を浮かべた。

「甘やかす、ねえ……もう、何かしてみたの？」

「はい。手料理を作ったり、ひ、膝枕をしてみたり、手ずから食べさせてみたり」

照れながらもそう伝えると、ノア様は何故か深いため息を吐き片手で目元を覆った。

「……だめだ、俺も婚約者が欲しくなってきた。アーサーずるい」

「アーサーとアリスちゃんだからだよ。でも、本当に羨ましいよね。気持ちはわかる」

「まあ、実際のところアーサーはアリスちゃんが側にいるだけで、もう十分だと思うよ」

でも、とノア様は続けた。

「添い寝してあげるのはどう？」

「えっ？　添い寝、ですか……？」

「うん。今だって忙しそうだし。添い寝にはリラックス効果もあるし、快眠できるんじゃないかな」

「なるほど……ありがとうございます。早速試してみます」

わたしがそう言うと二人は満足したように頷き、微笑んだ。

◇◇◇

「俺、試されているのかな？」

「えっ？」

その後、寝る支度を終えたわたしはアーサー様の部屋を訪れた。そして添い寝がしたいと申し出たところ、先程の言葉が返ってきたのだ。

「先日、夜なかなか寝付けないというお話をされていましたよね？　実は、添い寝をするとリラックス効果があって、よく眠れると聞いたんです。それで、アーサー様に少しでも休んでいただけたらなと」

「……その話は、誰から聞いたの？」

「ノア様とライリー様です」

「なるほど、大体わかったよ」

アーサー様は「それなら、お願いしようかな」と言い、わたしの手を引いてベッドへと移動した。

正直、添い寝だなんて恥ずかしくて仕方ないけれど、アーサー様に少しでも休んでもらう為なのだ。それに、何よりも喜んでくれるだろうと二人は言っていた。頑張らなければ。

少しの距離を空けて、横になる。思ったよりも近い距離で視線が絡み、ドキドキしてしまう。

「俺は我慢強いから、安心して」

「…………？」

「アリスは本当に、警戒心がないね」

彼はそう言うと、くすりと笑った。

「今日、はっきり嫌だと言ってくれて嬉しかった」

「それなら、良かったです。……その、大丈夫だったでしょうか？」

「ああ、もちろん大丈夫だよ。気にしなくていい」

アーサー様は腕を伸ばし、頭をそっと撫でてくれる。心地よくて、先に眠ってしまいそうだ。

「欲を言うなら、もっと言ってほしいくらい」

「もっと、ですか？」

「うん。アリスにわがままを言われたいし、独占されたいとも思うよ」

「これだけ良くしていただいているのに、我が儘だなんて……」

「俺ばかり、いつもアリスに我が儘を言っているからね」

「アーサー様が我が儘を言ったことなんて、ありましたか？」

「あるよ。たくさん」

彼ははっきりとそう答えたけれど、わたしからすれば一度もそんなことがあった記憶はない。それに束縛なんてする必要がないくらい、彼はいつもわたしを安心させてくれている。

「ティナヴィアでも、女性とはほとんどお話もしていなかったんですよね？　束縛なんてする必要がないくらい、大切にしていただいていますから」

「確かに、そうかもしれない。かと言ってアリスの気を引くために他の女性と、っていう気にも勿論なれないし」

「アーサー様のそういう誠実なところ、大好きです」

「ありがとう、嬉しいよ。でも本当に、興味がないだけなんだ。それに、少しでもアリスを悲しませるのは嫌だから」

そんな優しい彼のことを、わたしも何よりも大切にしていきたいと思う。しばらくアーサー様はじっとわたしを窺うように見つめていたけれど、やがて小さく微笑んだ。

「それで、ここからは何をしてくれるのかな？」

「ええと、子守唄を歌います」

わたしがそう答えると、アーサー様はもう我慢できないと言った様子で笑い出した。子守唄は大人になっても効果があるからおすすめだと、先程ライリー様が言っていたのだ。正直、本当かと少しだけ疑ってしまったのだけれど、やはり冗談だったのだろうか。

「子守唄もいいけど、アリスがよく口ずさんでいる曲がいいな」

「は、はい。それでよければ。あまり歌は得意ではないんですが」

「俺は、アリスの可愛い声も昔から大好きなんだ。それにふと歌っているのを見ると、今楽しんでくれているのかなって嬉しくなる」

「アーサー様といると、いつでも楽しいですよ」

そんな風に思ってくれていたなんて、知らなかった。なんだか恥ずかしくなってしまう。

恥ずかしさをなんとか抑えつけて歌い始めれば、アーサー様はそっと目を閉じた。どうか、彼がいい夢を見られますように。そう祈りながら、最後まで歌い終えた。

「ありがとう。本当に、幸せな気持ちのまま眠れそうだ」

柔らかく目を細め、そう呟くとアーサー様は再び目を閉じた。

それから数分後、規則正しい寝息が聞こえてきて。しばらくその寝顔を見つめた後、静かに布団をかけ直すと、わたしはアーサー様の部屋を後にしたのだった。

◇◇◇

三日目の朝はまず、近々また会うことを約束し、ノア様とライリー様を見送った。

そして今日一日は、屋敷の中でひたすらゆっくりして過ごそうと二人で決め、本当に何気ない、けれど幸せな時間を過ごした。

その日の晩、アーサー様がお風呂に入っている間わたしは一人、読書をしようと鞄から本を取り出した。先日、町中の本屋に立ち寄った際に普段読まないようなものも読んでみようと思い、今若い女性に一番売れているという本を買ったのだ。

騎士と平民のヒロインの、ロマンス小説だということしか知らなかったのだけれど。

「…………！」

ページを捲り始めてすぐに、想像を超えた過激なシーンが始まり、わたしは戸惑いを隠せずにいた。こんな感じのお話が、最近の女性には人気なのだろうか。

わたしが遅れているのだろうかと、不安に思っていた時だった。ノック音が室内に響き、思わずいつもの癖で「どうぞ」と言ってしまったわたしは、慌てて読んでいた本を背中に隠した。

「アリス？　今、何か隠さなかった？」

「え、ええと……」

　けれどその瞬間を、しっかり見られてしまっていたらしい。実は今読んでいた本が思っていたよりも過激な内容だったんです、なんて言い辛すぎる。背中に本を隠したままロマンス小説ですとだけ答えれば、彼は不思議そうに首を傾げた。

「それなら、どうして隠すの？」

「……なんというか、その」

「アリスに隠し事をされるの、寂しいな」

　こんなにもくだらないことが原因で、アーサー様を寂しそうな表情にさせてしまうことに、もちろん耐えられるはずもなく。わたしは照れてしまいながらも、正直に「内容を知らずに買った本が、思ったよりも過激な内容だった」と告げた。

　するとアーサー様はきょとんとした表情を浮かべた後、おかしそうに笑った。

「ははっ、アリスは可愛いね。それで必死に隠していたんだ。ごめんね、無理に聞いたりして」

「わたしこそ、すみません……」

「ねえ、少し見せて」

　恐る恐る本を手渡せば、アーサー様はぱらぱらとページを捲っていく。以前、彼は人よりも文字を早く読めると言っていたけれど、その早さに驚いてしまう。

　そして数分後、アーサー様は眉尻を下げて困ったように笑った。

「確かにこれは、すごいね」

「ですよね」

「でも、これが最近は人気なんだろう？　こういうのが好きな女性も多いんだね」

彼はじっとわたしを見つめると「ねえ」と続けた。

「アリスは俺とキスしたい、って思ってくれたことはある？」

「えっ？」

突然のそんな質問に、心臓が大きく跳ねた。宝石のような瞳に囚われ、視線を逸らせなくなる。

――ないと言えば、もちろん嘘になる。むしろ頬や髪にしかされず、寂しく思うことだって過去にはあった。はしたないと思われては嫌だし、恥ずかしくて口に出すこともなかったけれど。

「……あ、あります」

「本当に？」

「はい。その、もっとして欲しいなって、思うこともあります。恥ずかしくてあまり言えな、っ」

そこまで言ったところで、気が付けば彼によって唇を塞がれていた。

やがてゆっくりと唇が離され再び視線が絡むと、アーサー様は蕩けそうな笑みを浮かべた。

「……ごめんね、俺ばかりじゃなかったんだと思うと嬉しくて」

「は、はい」

もしかすると、不安にさせてしまっていたのだろうか。いつも彼のリードに甘え、受け身だった自分を反省する。

「すみません。いつもアーサー様からばかりしていただいていますよね」

「ううん、謝らないで。そういうものだよ」

それから彼は少しだけ悩むような様子を見せた後、口を開いた。

「アリスからしてもらう話、まだ有効かな？」

「わたしから、ですか？」

「うん。ティナヴィアで、そんな話をしたと思うんだけど」

「あ、ありましたね」

殿下に「たまには、わたしからしてみるといい」なんて言われてしまい、する流れになったけれど。結局、また別の機会にと言う話になった記憶がある。

「本当は見せつけようと思っていたけど、そんな必要もなくなったからね」

「…………？」

「想像以上に、アリスは俺だけを見ていてくれたから」

本当に嬉しかったんだよ、と彼は微笑んだ。

一体何の話か分からないけれど、わたしはいつだってアーサー様しか見ていない。いや、見えていないのだ。それが彼に伝わっていて、喜んでくれているのなら嬉しい。

「この先もずっと、そうです」

「ありがとう。俺も一生、アリスだけだよ。不安になんてなる必要はないからね」

——世の中にはわたしよりもずっと綺麗で賢くて、身分の高い女性は沢山いる。

けれどアーサー様は、わたしだけをずっと好きで居てくれるという自信があった。元々なんの自信もないわたしがこう思えているのも全て、彼が言葉や態度でいつも気持ちを伝え、安心させてくれているからだ。

だからこそわたしももっと、彼のように伝えていきたい。

「アリス？　どうかした？」

そう思ったわたしはじっとアーサー様を見つめた後、勇気を出して彼の唇にそっと、自身の唇を押し当てた。本当に短い時間だったけれど、驚くほど心臓が早鐘を打ち、顔に熱が集まっていく。

窺うようにしてアーサー様へと視線を向ければ、彼はひどく驚いたような表情を浮かべていた。

不安になり思わず名前を呼べば、彼ははっとしたように自身の口元を押さえ、俯いて。

「……アリスは、ずるいな」

それだけ呟くと、彼は深い溜め息をついた。

「嬉しい」

「えっ？」

「嬉しくて、死にそうだ」

そして、次の瞬間には抱き寄せられていて。彼はわたしの肩に顔を埋めると、腕に力を込めた。

「幸せすぎて、怖くなるな」

「怖いことなんて、何もありませんよ。ずっと側にいますから」

「……ありがとう。本当に、好きだよ」

「はい。わたしも、大好きです」

そして彼は「離れたくない」「帰りたくない」と、まるで子供のように呟いた。

ここに来てからというもの、彼を可愛いと思うことが増えた気がする。それくらい甘えてくれているのかもしれないと思うと、笑みが溢れた。

「今夜は、俺もここで寝てもいい？」

「一緒に、ですか？」

「うん。少しでもアリスと一緒に居たいなと思って」

少しだけ恥ずかしいものの、もちろん嫌なはずなんてない。それに明日王都に戻ることを思うと、寂しい気持ちになってしまうのはわたしも同じだった。

「はい。わたしも、アーサー様と一緒に居たいです」

「……可愛すぎて、どうにかなりそうだ」

アーサー様はわたしの頬に軽くキスを落とすと「そんな顔、絶対に俺の前だけにしてね」と言い、突然わたしをひょいと抱き上げた。俗に言うお姫様抱っこというやつだ。想像以上の恥ずかしさに戸惑っているうちに、ベッドへと運ばれた。まるで宝物を扱うかのように、そっと降ろされる。

けれど次の瞬間、とん、と押し倒されて。気が付けばすぐ目の前に、アーサー様の顔があった。

「アーサー、様……？」

「あと半年だけ、我慢するから」

「…………っ」

その言葉の意味を理解すると同時に、顔が熱くなる。アーサー様がそういう話をするのは初めてだった。動揺するわたしを見て、何故か彼は満足げに微笑んでいた。

ひどく優しい手つきで頬を撫でられた後、唇が重なって。何度かそれが繰り返された頃には、先ほどまで感じていた眠気なんて全て吹き飛んでいた。

「おやすみ、アリス」

消え入りそうな声で、なんとか「おやすみなさい」と返したけれど。それからしばらく頬の熱は引いてはくれず、わたしはなかなか寝付くことができなかった。

◇◇◇

「おはよう」

「おはようございます……」

翌朝、目を覚ますとすぐ目の前にアーサー様の整いすぎた顔があって。だんだんと意識がはっきりしてきたわたしは、慌てて自身の顔を両手で覆った。どう見たって、彼は今しがた起きたばかりという様子ではない。

「いつから起きていたんですか？」

「二時間くらい前かな？」

ふと時計を見れば、いつも起きる時間よりも少し早いくらいだった。

「そ、そんなにも前からですか？　起こしていただければ……」

「アリスが気持ちよさそうに眠っているのに、起こすことなんて俺には出来ないよ」

「……ずっと、見ていたんですか？」

「もちろん。寝言で名前を呼ばれた時には、どうしようかと思ったよ」

「ほ、本当ですか……？」

「冗談だよ」

そう言ってのけた彼に、責めるような視線を向ければ「そんな顔もかわいい」と爽やかすぎる笑顔を向けられてしまい、何も言えなくなる。

その後、部屋へと戻り何気なく鏡を覗いたわたしは、頭のてっぺんの辺りにぴょこんと変な寝癖がついていることに気が付き、恥ずかしさのあまり泣きたくなった。


それからはお互い身支度をして、一緒に朝食をとって。出発まではまだ少し時間があるらしく、最後に少しだけ庭を散歩することにした。

明日からまた、アーサー様は忙しい日々に戻るのだろう。この数日間がどれだけ幸せだったのかを改めて実感しながら、ゆっくりと色鮮やかな落ち葉の上を踏みしめていく。

やがて寂しくなった姿の花壇の前でふと足を止めると、アーサー様を見上げた。

「また、連れてきてくれますか？」

「もちろん。今度は春か夏に来ようか」

「ぜひ、お願いします。お庭もとても素敵なんでしょうね」

「うん。それと今度は誰にも邪魔をされないよう、内緒でね」

そう言って唇に人差し指を当て、彼は誰よりも綺麗に微笑んだ。

……ずっと楽しみにしていたこの旅行が終わってしまうのは、もちろん寂しいけれど。これから先も彼との約束は沢山あるのだ。

「はい、楽しみにしていますね」

そんなこれからの日々に、私は胸を弾ませたのだった。

あとがき

こんにちは、琴子と申します。

この度は『成り行きで婚約を申し込んだ弱気貧乏令嬢ですが、何故か次期公爵様に溺愛されて囚われています　2』をお手に取ってくださり、ありがとうございます。

皆様のお蔭でこうして二巻を出させていただくことができました。本当に幸せです。

二巻は隣国でもアリス至上主義のアーサーと、慣れない環境で奮闘するアリスがすれ違ったり、お互いの大切さに改めて気付いたりするお話でした。また、ヴィンスという新たな登場人物も登場し、波乱に富んだ内容になっていたかと思います。

ウェブ版ではヴィンスはかなり人気でして、当て馬なのが勿体ない、彼には幸せになってほしいというお言葉を沢山いただきました。いつかまた、彼やエマが幸せになった姿を皆様にお届けできたらと思います。


そして今回も、笹原亜美先生に美麗なイラストを描いていただきました。表紙のアリスとアーサーも一巻より距離が縮まっていて、アーサーの愛情により自信がついたのが窺える、凛とした表情のアリスがとっても素敵です。アーサーの甘い表情も最高ですよね。表紙について語るだけであとがきページが一瞬で埋まりそうなくらい、本当に美しく描いていただけて幸せです。

挿絵もどれも華やかで素晴らしいので、ぜひ何度も眺めていただきたいです。

そしてなんと、三巻の製作も決定しております！　こうしてお手に取ってくださった皆様のお蔭です。本当にありがとうございます。

実はこのお話は元々、一巻分にも満たない長さで完結する予定でした。

そんな中で、担当編集さんからもっと続きを書いてみないかと言っていただけて、今に至ります。心の底から、あの時完結させなくてよかったと思っています……！（ありがとうございます）これからもアリスとアーサーのお話が続いていくこと、紡いでいけることを本当に嬉しく思っています。

コミカライズ企画も順調に進んでおりますので、ぜひ楽しみにしていただけると嬉しいです。

そしてファンレターを送ってくださった皆様、本当にありがとうございました。二巻の感想などもお手紙でいただけると大変励みになります。何度も読み返し、家宝にさせて頂きます。

改めまして、二巻を手に取ってくださった皆様、本作に携わってくださった全ての皆様に心から感謝申し上げます。

それではまた、二人がいよいよ結婚式を迎える三巻にてお会いできれば幸いです。

琴子

コミカライズ！

成り行きで婚約を申し込んだ弱気貧乏令嬢ですが、何故か次期公爵様に溺愛されて囚われています

漫画：画仁本にも
原作：琴子
キャラクター原案：笹原亜美

画《かく》仁《に》本《もと》にも先生のキャラクターデザインを大公開！

ミカライズ好評連載中！

コミカライズ決定を記念して、

コミックシーモアにてコ

成り行きで婚約を申し込んだ弱気貧乏令嬢ですが、何故か次期公爵様に溺愛されて囚われています２

2021年5月　1日　第1刷発行
2021年9月30日　第2刷発行

著　者　琴子

発行者　本田武市

発行所　TOブックス
〒150-0002
東京都渋谷区渋谷三丁目1番1号　PMO渋谷Ⅱ　11階
TEL 0120-933-772（営業フリーダイヤル）
FAX 050-3156-0508

印刷・製本　中央精版印刷株式会社

ISBN978-4-86699-202-0